飞花

FLYING
DREAM

之梦

夏歌 著

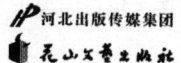

河北出版传媒集团
花山文艺出版社

图书在版编目（CIP）数据

飞花之梦/夏歌著.—石家庄：花山文艺出版社，2015.11（2020.5重印）
　ISBN 978-7-5511-2523-9

　Ⅰ.①飞…　Ⅱ.①夏…　Ⅲ.①散文集－中国－当代　Ⅳ.①I267

　中国版本图书馆CIP数据核字（2015）第231386号

书　　名：	飞花之梦
著　　者：	夏　歌

责任编辑：刘燕军
责任校对：杨丽英
美术编辑：胡彤亮
出版发行：花山文艺出版社（邮政编码：050061）
　　　　　　（河北省石家庄市友谊北大街330号）
销售热线：0311-88643221/29/31/32/26
传　　真：0311-88643225
印　　刷：三河市华东印刷有限公司
经　　销：新华书店
开　　本：880×1230　1/32
印　　张：6
字　　数：93千字
版　　次：2016年3月第1版
　　　　　　2020年5月第2次印刷
书　　号：ISBN 978-7-5511-2523-9
定　　价：25.00元

（版权所有　翻印必究·印装有误　负责调换）

序 / 石兆佳

自在飞花不是梦

我和夏歌是复旦大学中文系作家班的同学，这位来自唐山的女子小我一岁。感觉她很忧郁、敏感，讲话轻声细语，声音很好听。我问她唐山大地震时她家的情形，她说她家房屋震塌了，全家五口压在下面，还好住的是平房，她父亲从废墟中救出她时，她已经没了气息，被震后的一场小雨浇醒慢慢回转过来。她全家都平安。父亲救完全家救街坊邻居。全市死亡24万，重伤16万。到处都是死尸，断胳膊、断腿。

我倒吸了一口冷气。唐山地震时她还是初中生，豆蔻年华的少女，在一片废墟之中，她挺起胸膛站立起来，顽强地走到了今天。没有人给她心理抚慰，那时没有这些。我想，她一定有很多东西要倾吐，有很多话要说要写，关于生死，关于爱，关于过往的一切。

这本《飞花之梦》应当说是她在重生之后心血的结晶。因为认识了她,当前两年《唐山大地震》电影上映后,我特地独自去电影院观看,被感动得泪流满面。记得夏歌写过一首诗《死亡》,她把人死亡比喻为去贴一面黑墙。这不禁使我想起2012年夏天我去唐山她家里做客,她带我去看了刻有地震中死亡人员名字的那几面高大无比、宽得望不到边的黑墙——唐山地震纪念墙。她说,还有很多很多人的名字没有刻上去。24万,世界上还没有这么大的墙可以镶刻这么多的人名。我去的时候是八月初,离地震纪念日"7·28"不久,墙下面有人送的一些祭奠的花还在,我的心沉甸甸的。她的书中写的"寻找小峰",仅仅是地震的一个侧面,那个失落的童年伙伴小峰,地震后再也没有他的音信,我想夏歌可能曾经不止一次地把目光落在那高高的墙上来来回回地搜寻。

值得欣慰的是,沧桑之后,夏歌有了一个幸福的家。她的老公事业有成,《任雨打芭蕉》还写了值得她骄傲的儿子,如今已是美国密歇根大学的高才生。她的《幸福像花儿一样》《我修炼,我快乐》《今天是情人节》《我把儿子逼进了美国名校》

等等，真是很好地证明了"大难不死，必有后福"！

书中描写童年乡村生活的一组"小村旧事"的故事特别引起我的兴趣。"乡俗""淘气""生与死""蛇""偷黄瓜"等，不禁让我想起自己在农村度过的童年。这些带着苦涩的欢乐，对于今天在城市里玩电子游戏长大的孩子来说，是多么难得、多么生动、多么可贵的人生体验，因此格外令人回味。

夏歌有北方女子特有的豪爽和侠义，古道热肠，乐于助人。在复旦求学的生活，是我们友情的初始。在她的笔下，我看到了她对其他几位女同学鞠兰臻、高慧君（慧慧）、沙光、卢文丽的描绘和怀想之情以及毕业后的联系和交往。她对我的爱和帮助更是令我终生难忘、感动不已。

《父亲》一文，让我看到了她的这些优秀品质的由来。她父亲多才多艺，不但年年都是厂里的劳模、先进，还会吹笛子，是市象棋比赛冠军，平时总说"不以恶小而为之，不以善小而不为""不以物喜，不以己悲"总是助人为乐。遗憾的是，这位父亲已经离开了人世。

书中几篇游记《青酒之乡》《西安之旅》《丰润有条还乡河》等，不论是写景还是写人，都是娓娓道来，让人如临其境，如见其人。

  这本书的名字叫《飞花之梦》，当你手捧这些随风飘来的花瓣的时候，除了心怀感动之外，你也一定嗅到了送花人手里的馨香，每一个女孩子都有一个自在飞花的梦想，因此感叹活着真好，生活真美好！

  是为序。

目录

001 / 一只流浪狗

004 / 瓦罐汤

008 / 别样的美女

011 / 牛脾气的阿菊

015 / 花季不再来

021 / 京城琐事

029 / 娟　儿

037 / 寻找小峰

044 / 30克黄金的故事

048 / 任雨打芭蕉

054 / 黄　花

060 / 小村旧事——童年

090 / 似水流年

094 / 行　板

099 / 东边日出西边雨

102 / 丰润有条还乡河

106 / 西安之旅

111 / 幸福像花儿一样

115 / 幸福是蓝色的

120 / 我修炼　我快乐

124 / 今天是情人节

128 / 青酒之乡

136 / 我被快乐撞醒了

141 / 王的女人

146 / 我把儿子逼进了美国名校

154 / 父　亲

161 / 诗集出版记

165 / 飞花之梦

171 / 浮　生

177 / 后　记

在上海

一只流浪狗

今天一家三口去远洋城，回来的路上开车的老公突然减速。

一只白色的小狗在车水如流的马路上进退不定，过往的车辆纷纷减速绕行，我们的车小心翼翼地开过。

我回头看着那只小狗，在马路中间畏畏缩缩，听见鸣笛就停步不前，身体虚弱得有些摇晃，让人有些揪心。

我开始唠叨："快七点了，天黑了哪个开车的看不见还不轧了它？如果碰到我这样的二五眼，肯定看不见，这只狗怎么不快跑过去呢？"说着我的眼睛有些湿润，好像那只狗已被我轧死了。

"我以后还是不开车了。"我喃喃自语着。

我儿子说："多可爱的一只狗。"

我老公说:"是只流浪狗,没人管还不饿死?"

"咱这儿有面包。"我抢着回答他。

议论着、担心着、车开出很远的我们一家,突然被老公的一个掉头又开了回来,他总是在关键时候当机立断。

我又唠叨:"就是有吃的给它也只能管得了一时……"

车要开回的时候我又有些紧张:千万别被轧死了,如果有此事发生,我宁可不回来。

还好它还在马路中间徘徊。

"把车停边上,我把它引到路边上来。"我指挥着。

当我拿着面包下车时,一辆白色越野车停在了它的面前,司机下车没有丝毫犹豫,把它放到了车里。老公冲司机伸了伸大拇指,我也摆了摆手,司机竟将车开了过来。

也是一家三口,年轻漂亮的小媳妇抱着一个胖嘟嘟的儿子。我将面包递进去说:"你先喂点面包给它,它一定饿了很久了。"

"我以为你想要,你要就给你。"司机说。

我推脱并说着世上好人多之类的感激话,好像做错了事的孩子并拜托他帮我一个忙。

幸福的一家开车走了,跟他比我自愧不如,世上好人太多了。

想想为了一只小小的流浪狗，那些纷纷减速避让的车流，还有这一家人，我感叹！

唐山人真好！

瓦罐汤

说到小吃,我不知大家是不是和我有同感,先转一圈然后再有选择性地吃两样,否则,饿得即使能吃一头牛吃不到一半也就吃不下了,而且还把肚子变成了垃圾桶,把对美食的享受变成了难受。

有一次王府井举办小吃节,我们一家人去凑热闹。这儿人还真不少,各地口音、男女老少都有,黄头发蓝眼睛的老外更是随处可见,那些卖小吃的也是见过世面的,见到老外都"hello hello"地打招呼,卖羊肉串的见到四个老外过来,老远就喊"sheep sheep",等她们走近就指着数"one two three four?"一名老外也紧着回答"no no one one",烤一串收了五元,而我们刚刚买的是十元三串,我悄悄对我儿子说:他不应该说 sheep，sheep 是羊的意思，mutton 才是羊肉的意思。那次买到了一种叫什么肉的食品而没了胃口，如果我没记错应该是广东小吃，看着非常有食欲，像褪去了肠衣的香肠，切成一段儿一段儿的，很均匀很好看地摆在那儿，粉肉粉肉的，吃到嘴里却是糯米做的，那些好看的颜色是食品色素染的，一点糖都不加，为了有形还很硬，芯还生呢。

  唐山也举行小吃节，无外乎云贵川陕甘宁的那些名吃，还有香港的撒尿牛丸等，吃一次也就够了。台湾的啤酒鸭还破了吉尼斯纪录，可怎么也比不上老北京的全聚德。有的看看也不想吃，比如新疆的一种叫馕的食品，我认为它只不过是一张饼而已。还有朝鲜的打糕，两个人拿着木槌一起一落，围观者不少，很有成就感，不过一想是糯米做的也就没了食欲。当然印度的手抛饼也不要吃了，因为大陆海鲜城的那位印度人做得更正宗，他有各种口味向我推荐，什么草莓味、菠萝味、香葱鸡蛋味还有原味等等，每次去我都想跟他侃两句英语，没想到他中国话比我还溜，满口京味京腔，而且每次还抱拳来一句："恭喜发财。"整个一个"京油子"。

  不过也有必吃的，那就是海南的椰子。它被铁制的利器吃力地凿开，放上一根吸管，吸一口，淡淡的，没有饮料里的高科技，却是一份天然的饮品。再有就是新疆烤羊肉串，串大，肉切的块也足，比起唐山烧烤一条街上的更多一些浓浓的羊肉的膻味，据说唐山烧烤街上有些商贩为了节省成本，羊肉是用猪肉加羊肉水泡的，当然为了打造宜居靓城烧烤一条街最近已被拆除了。

　　远洋城二层东厅有一个小吃城，每天客流不断，热闹非凡，但没有海南的椰子和新疆的烧烤，我想是因为椰子不适合天天运输，天然烧烤的烟熏火燎不适合室内操作吧，不过它多了小吃节上没有的瓦罐汤——湖南特色，三坛半人高的瓦罐形状的大缸，即能当柜台又储存了小小的瓦罐，当然还配有湖南特色各种名吃：红烧肉，剁椒鱼头，肉末儿酸豆角以及各种小炒。它们全部用和瓦罐颜色一样的碗状叫钵的器皿盛放。米饭也是一小钵一小钵蒸出的钵饭，充满乡土气息，就连使用的托盘也古色古香。由于所有的食物全部清蒸，不油腻又卫生，就连那些姑娘小伙也是清清爽爽地站在那儿，洁净的白色外套，高高的厨师帽。汤的种类很多，根据季节不断变换品种，品一匙汤，鲜香爽口，味道纯正，汤的色泽清得透亮，澄黄澄黄，再吃里面的排骨和猪手就淡而无味了，因为精华全部熬到汤里面去了。

我喜欢喝汤，我也喝过很多餐馆的汤，不是放的胡椒粉太多，就是味精味儿太浓，全是用佐料调出来的，只有这小小的瓦罐汤让我过口难忘，每当我没有食欲不知吃什么好的时候，我的第一选择就是瓦罐汤。有一次老公非要带我去换换口味，美食豆捞，鱼翅锅底，先喝汤，还不错，一结账，两百多元，够我喝二十多次瓦罐汤了。

　　昨天和朋友又去了那里，我们点了猪手黄豆汤、百合雪梨汤、蘑菇柴鸡汤，还有绿豆排骨汤，朋友们的第一反应是："嗯，这汤不错！"

　　唐山的朋友不妨去尝尝？

别样的美女

我心目中的美女应该是永远定格在二十八岁,不老也不年轻,那种介于女人与女孩之间,睿智、成熟,举手投足让人产生一种距离美,就连不经意间吸一根烟,优雅得让人也要学半年,总之是那种男人看了着迷、女人看了嫉妒的美女。认识阿芳后她改变了我的观点。

阿芳,武汉人,自幼学习舞蹈,部队文工团演员,与同是一个部队的唐山兵结婚定居唐山。我经常听别人对她开玩笑:"我们唐山人真有本事,竟然能把你这个美女'骗'来。"

我们认识已近十年,而且每周都要见两次面。太熟悉的人反而让我写不出东西来,但她对我居然是个例外。

阿芳是女子俱乐部的健美操教练,这也是我每周必须见她的原因。与大多数教练不同,她没有结实的中性的肌肉,更没有中性的性格,而是十足的女性,女性得不能再女性了。

每次见到她,都感觉很别样,一条花十元钱买来的裙子,穿在她身上都会让别人好一番惊叹。她讲话的口音介于唐山话和武汉话之间,婉转柔软还带一丝沙音儿,用我们唐山话说,就是有一点贱舌,好像吃了一块奶油夹心巧克力,甜甜的冷不丁腻你一下,让你欲罢不能,还想再来一块。她聪明乐观,她能洞察周边每一个人的情绪。天气阴暗时,她会突然冒一句"好想好想谈恋爱",让笑声赶走阴霾。我记得一位名人说过一句话:"痛并快乐着。"而她给我的感觉却是不知痛苦为何物,我送她的话就是:"快乐并继续快乐着。"

在男人面前的阿芳是什么样子?我不知道,因为我们的接触是在男士止步的场所。一次我看到了她照的艺术裸照,灵秀而无邪,美得没有距离,真想拿来向身边的女性朋友炫耀一番,最终怕有人拿回家给老公欣赏之嫌而闭口。如果你点击某网站就能看到她为某品牌服装拍的时装秀,当然没征得她的同意我还是暂不公布了。我们经常称呼她美女,她也欣然笑纳。她也是第一个给我留言的人,没忘了注名美女两字,让我一看就知她已来过。她长着一张娃娃脸，永远笑靥如花，用她的容貌、她的肢体语言、她的声音、她的乐观向上的个性诠释着美丽。她的年龄永远定格在了二十岁。

这就是别样的阿芳，别样的美女，I'm glad（我很幸运），我能欣赏到别样的风景。

牛脾气的阿菊

阿菊,山东青岛人,她的笔名叫叶子。

认识阿菊是在刚进复旦的时候,为了躲避媒体对她的采访,我们两个人跑到五角场的一个小餐馆里边吃边聊,聊得很投机,从此成了无话不说的好朋友。我通过她又结识了她的许多山东老乡,烟台的小林,兖州的华德民,沂蒙的魏姐,还有美丽的泰安女孩李连杰(与功夫巨星同名)。

这些山东人给我的热情足以让我感动一生。

记得阿菊曾送我一双崭新的方口偏带儿布鞋,这种老式的已过时的布鞋却让我当作时尚复古了一把,由于舒服我经常穿它,后来上海的梅雨季节使它变得斑斑点点,我不得不放弃,心疼了好一段时间。由于走得太近,我们也会为不同的观点争吵，因为她是属牛的，所以我说她是牛脾气。由于经常形影不离，中文系有位男生曾开玩笑说我俩是同性恋。这也成了惯例，有阿菊的地方就有我的出现，我也养成了习惯，好像阿菊做任何事必须由我陪着。记得她的诗集是在江苏印刷，当时我们两个人星夜兼程赶往江苏，那是我第一次体验坐大巴之后，再把大巴开到船上运过江，那种感觉很新奇，而江南的夏夜不是凉，是好冷好冷，没有带衣服的我们俩只好把报纸盖在身上抵挡寒气，欣赏江南的夜色和江苏小镇的古朴是这次阿菊带给我的收获。阿菊送我的诗集扉页写了什么感谢的话语我不记得了，我只记得签名是：挚友鞠兰臻。

记得高中时代有个女生住在60里外的新区，我的姥姥家正好在中途的一站下车，于是周六的晚上我们结伴同行，可能是车出了故障，天色渐黑才到站，我不顾这位女孩的执意相劝，没有跟她回家，自己一个人下了车。下车后我就傻了眼，天黑了，也是一个夏夜，玉米庄稼早已一人高，而我的姥姥家还有3里路，不要说当时，就是现在我也不敢走，于是我想到此村有一个每年给姥姥家拜年的亲戚，叫什么不知道，但我知他们家有一个小孩叫良子，于是我向一位乘凉的老太太打听良子，老太太很爽快地领我去了一家，但此良子非彼良子，不是那个几岁的小良子，而是一个年龄和我相仿的大男孩儿，这一家人我也不认识。听了我的诉说，这家好心人二话没说就让这个良子把我送到了姥姥家。那时的逞能和无助让我记忆犹新。多年后我读阿菊的《一位女记者的动荡人生》时，我读到了那种无助、孤独和逞能，尤其是远在异国星夜空旷的大街上独自与狗相伴，不禁脱口而出："这个阿菊，这个牛脾气。"我也明白了当初如果没有我掺和，阿菊一样会独自跑去江苏，而我没有阿菊是万万不可的。于是我发邮件给她，让她踏实点，再踏实点，希望以后不会再有这样的经历。她回给我的语气很轻松：打了也就挨了。是啊！上帝给她的馈赠也不小，能把英语当成第二母语和一个疼爱她的老公，英国绅士汉克。

据说当今国人口碑最好的当属山东人，他们直率、耿直，为人不拐弯抹角，但他们的火爆也是人所共知，而同是山东人的老公更是让我吃尽了苦头。每当他对我暴怒的时候，我就想找刀找枪杀了他。有时我也会对他大吼：水泊梁山的后代了不起啊，我是那大刀孙二娘。当我在电话里对阿菊说我老公真不是东西时，阿菊哈哈大笑："好啊，你竟敢骂我们山东人。"

好像我骂了她的兄弟,其实她连我老公的面都没见过。这就是山东人的性格,他们不论走到哪儿,只要听到乡音,提到家乡就会亲如一家,从同是山东人的孙总到聊城的小魏,以及那些我未谋面的老公的同乡(被我戏称是京城媒界的山东帮),他们总是在你需要帮助的时候义不容辞,并从不计得失。而当年复旦的阿菊、小林、华德民、魏姐、李连杰对我又何尝不是如此呢?多年不见的阿菊在电话的那头一句"文君,想死你了",我想哭。

当年站在阿菊的身边,总有一种她是老大、我是随从的感觉,为此我还有些耿耿于怀,可现在想想是我沾了她的光,沾了山东人的光。

花季不再来

闺中密友,应该指的是古时的大家闺秀,大门不出二门不迈,与她姐妹在绣楼里发生很多故事。现代人恐怕很难有这样的局限,而我却有过这样一次难忘的回忆。

一个被吹了口仙气的女孩

她是我在上海读书时的同室,我叫她慧慧。我们住在复旦南区12号楼顶层602室,由于我们两个人名字里都有一个君字,有同学说我们是两位高高在上的君子。

也许是属相一龙一兔,总有些水中望月的感觉,有人聚集的地方,就好像搅乱了海水,找不到我俩的踪影,而当潮水退去,月朗星稀，两个过家家的女孩就会疯起来。

她是生长在西子湖畔写诗的女孩，人也长得如诗如画。她有一双比常人更加明亮的眼睛，而我却说："你的眼睛怎么贼亮贼亮。"她是无论怎么吃都不胖的，有时夜里我会听到她躲在书桌后吃饼干，早晨我会开玩笑说："夜里有一只小老鼠在偷吃。"

至今她仍是我心中无法替代的一张美人图。

十年后我们在北京相聚了，而她，没多少变化，只是少了一分锐利，微烫的鬈发，在额前垂下了一绺温柔。她送了我一件杭州丝绸睡衣，我却两手空空，痴痴傻傻地望着她，连一句谢字都未说出。

江南出美女，饮西湖水长大的女孩别有一番灵气，一口吴侬软语柔情似水、一个多愁善感心中充满诗情画意的女孩，更是让你无法逃避美丽，就连女孩子之间的小家子气都是那样美轮美奂。我们从来不谈诗，因为有一次她和一位写诗的女孩议论她的诗时，那位女孩过后也写了一首诗，用了她诗里的意境和词语。记得她对我说起时还有一声长长的叹息，好像一个矫情的小女孩心爱的玩具被人摸了一把，弃之可惜，拿着心中不悦。

随便动别人心爱之物可不是我的风格，但这并不影响她的诗作每次发表之后回到寝室先给我看。不论她用了多么稀奇古怪的笔名我也能在众多诗作中找到哪一篇是她的大作，然后抑扬顿挫地朗读一遍，她就会很开心地笑着说："我写的诗只有文君能读出那种意境，有机会我一定开个作品讨论会，让文君念我的诗。"

对于她的一声叹息我是再熟悉不过了，每次从家里回来之后她都要饱受晕车之苦，不光晕汽车而且晕火车，可不论发生过什么她都会精精神神地回到宿舍来，然后我会呆呆地看着一身漂亮新衣目光如电的她，轻盈地从我身边旋过去，然后靠在床上叹息，找不到萎靡却有一些雍容。从她的诗里你能读到瘦削的身影以及对疾病的无奈。有一次她又开始叹息，而且叹息不止，原来是花粉过敏。她叹息："不出门怎么会这样？"我掀开她书桌的布帘，一株不知名的淡黄的花束静静地开在她的桌上，她恍然，急忙处理，我也会嘟囔一句："你不能与花在一起，它会妒忌你的。"

世界无颜色只剩一片洁白

虽然不谈诗,我们却有除了诗以外的任何话题,我们有时在宿舍里叽叽喳喳,高兴时会大声尖叫,有时我俩在楼顶上跳舞,她教我走猫步。有一次还一起跟人打架:起因是南区每个楼层都有一个用电保险,如果谁不小心用电超负荷,谁烧了保险谁就负责找电工交一元钱修好,可那次竟然烧了四次无人认账,我和慧慧每个人交了两次钱之后,就有些郁闷起来:谁这么不自觉?后来得知605室一个女孩有一个电熨斗,管熨不管修,于是我们两个人晚上确定她在的时候去理论,没想到那女孩自知理亏,任你怎么敲门只说睡了就是不开,她的同室好像早知缘由,无一人说话。我们本无心打架,此时反而有些火起来,叫门改成踢门了,最后隔壁出来两个女孩将我俩劝走,这一次反而成就了我和慧慧,从此以后再没有类似的事情发生,整个楼层都知道602住着两个厉害的女孩子。

在我的记忆里我俩就是两个轨道上的汽车,没有人看到我们开到一起，开到一起就会发生问题，比如跟人打架，比如有一次参加谢晋导演的讲座：记得那次是临时得到消息，来不及找各自经常出入的伙伴，两个人急匆匆地一起跑出来，天气竟有些阴沉了，还好拿了雨披，回来的路上飘飘洒洒下起了毛毛细雨，行人纷纷避让了，宽敞的马路成了我俩的世界，穿着鲜艳雨披骑着脚踏车的我们，像两只彩色的蝴蝶，在马路上绕着花样，一路欢笑回来。

多年之后的北京相聚，又让我们回到那个年代里，半夜长谈，忘乎所以，笑声竟引来服务员查房。

是啊，当两辆不同轨道的车停泊在属于它们的驿站时，是不是格外欣喜，格外惊奇？

谁能化冰为雨

如今独坐家中遥忆江南，总有些惆怅，不免"宿命"起来。她在杭州我在唐山，她离上海与我离北京的距离相仿，一南一北，她来信的地址是十五家园，而我的地址是五十一小区，一十五和五十一都这样让人不可思议，不禁让我想起一首诗来：

我住长江头，

君住长江尾。

日日思君不见君，

共饮长江水。

诗的下半部分不写了，因为是一首情诗。虽然是情诗，可人间的爱情和友情又何尝不相似呢？

那个喜欢紫色，总是把自己的床单、桌帘、睡衣和拖鞋都变成紫色的女孩，那个小姐身子公主命，出行都要坐飞机的女孩，总是让我挥之不去，笑盈盈地闪现在我的眼前。我想，如果有前世，她一定是我的闺中密友，而今生，我只能问一句，谁能化冰为雨呢？

是啊，谁能化冰为雨！

谨以此文献给我在复旦读书时认识我和我认识的老师同学，我对他们怀有一份感恩之心。

京城琐事

京城是个让人流连忘返的地方，京韵京腔的文化底蕴说也说不完……

北海的荷花、香山的红叶、颐和园慈禧太后的寝宫、古朴的四合院和胡同，以及从胡同里鱼贯出入的人力三轮车，还有大栅栏挨家挨户的老字号商铺、老舍茶馆，都是我屏蔽在记忆中的道道风景。

近日读报：一司机因不满一辆小车的挑衅，在京城的大街上，开着他的大货车紧追不舍，大叫："非要撞死丫儿的！"一句气急败坏的京骂都让人忍俊不禁。

夜幕将至，吃一碗老北京的炸酱面，开车穿过灯火辉煌的长安街，回到东四的住处，真是一路爽到家。

京城是我隔三岔五就想去的地方，可每次回来我都不免抱怨："北京城就像蛤蟆吵湾，烦！"是啊，古老的北京城就是在躁动中充满着活力！

有时人是自寻烦恼，因为我喜欢去逛商店，经常把自己扔在闹市的车水马龙中无法自拔，然后再回到只抵北京一个区的唐山这样的小城：交通通畅，绿树成荫，行人悠闲，感觉进了避风港，恬淡和幸福感油然而生。

曾在海淀区翠微大厦后面的部队大院住过两年，那时的我幸福指数居高不下，每天进出有士兵站岗的地方，有出入证才能进入，晚上十点钟准时关大门。而我有时需外出晚归，向那些年轻的卫兵寻求帮助的时候，他们会稍作迟疑就能满足我的要求，深夜为我开门，没有一句啰唆，全是军人的干练，让从小就崇拜军人的我心中充满暖意。

李白的诗中有一句："却顾所来径，苍苍横翠微。"一直是我神往的地方，这里虽然没有暮色苍茫中的山林美景和农家庭院的恬静，但翠微大厦那灰砖绿瓦、别具匠心的建筑风格，以及里面那些琳琅满目的商品、四季恒温的环境足以让我窃喜，晚上九点关门的时间正好让七点吃完饭的我既遛弯消食又能狂逛一番，一举多得。

那时的翠微让我逛得脚软，花钱花到手软。最多一次大概一天逛过七次，当然包括跑到地下一层超市去买生活用品，一会儿又回到四层买办公用品，一会又返回买忘记的东西，也包括约朋友在某个拐角的长椅交谈，晚上请朋友到五层吃个便饭……

那时的翠微就像是为我开的，哪件物品摆放的位置我都能找到。

"逛翠微就只当逛我家的藏品库。"我经常心态如此到不知天高地厚，就好比唐山的凤凰山公园，我有好友在那儿上班，我也经常会说："逛公园就像逛我家后花园，因为我从来不用买门票，在闭园的时候我也能来，高兴时我还能剪一大抱鲜花回家。"

但也有让我不开心的时候，那就是买了没几天的衣服就变成八折、六折，有时还降到五折以下，每有此事就如遭遇了骗子，有苦说不出，慢慢就学会了冷静购物，等于交了一笔购物学费。

男人永远无法理解女人逛街的享受，每次下了很大决心准备陪我逛一次的老公都会在进商家大门的一刻反悔，跟着他进商场就像后有追兵，转眼就会找不到踪影，现在的我早已练就了一人独逛的乐趣。

有时老公也会尽量抽时间开车对我接送，因为他清楚我这个没有方向感的人，在京城住了两年除了找到地铁才能找到家，然后就是打车，把自己交出租车司机处理。我经常会在电话里对他怨声载道："别跟我说北面，你就说在哪个建筑物的旁边或者哪个招牌的下面，要么就是什么商店的门口等你就行了，哪里是北？北在哪里？"

唐山开车进京的人很多，但大部分人说起来，都是进京后将车找个地儿存放，然后变成打车一族，因为北京的交通太复杂，不知道哪条路就不许左转，有时莫名其妙地被罚，然后就要到处找银行交款。北京的银行经常是排队一百号之外都很正常，没准交款的途中还会再次违规，这岂不是烦上加烦。然而我老公却是个例外，不论他去过还是没去过的地儿，说出个具体方位就能找得到，比北京人还能钻，我这个连北都找不着的小女子坐在他的车里就会幸福指数上升，任由他在京城将我运来运去，只有这一时刻他会在我心中变成骑士和英雄。

喜欢雨中开车的老公在京城开车总是很轻松："听说昨天

后半夜一个飙车族用了十三分钟跑了一圈二环路,被警察给逮着了。"说完他会一脸兴奋,好像那个飙车的不是别人就是他。

早就交过学费的我在京城的高档大商场里会优雅地与导购小姐侃江湖,再也不会为眼前一亮就掏钱,买什么都会先问有没有赠品和优惠,连那些精美的化妆品试用装也不放过,买一百返二十,一百九十六元我会花一百四十八元成交,不仅违反不够二百的规定还要折后九五。一件七折两件六折的衣服,我会与一位女孩开一张票,一个折扣差价一百多元。为了喜欢的一双鞋子和一件衣服,我会让导购小姐想办法以会员价为我省下几百元。用我妹的话说:"北京的导购精得很,她们看得出你像买东西的,如果换了我,她们根本不好好搭理,一看就知只问不买。"而我老公说:"一看你就好糊弄,才有人搭理你。"无论如何,我还是乐此不疲,不成交不是我买不起就是不划算,成交了会有收获的喜悦在心里。不论怎么说,那些导购小姐还真是从来没对我冷言冷语、翻过白眼。本人自以为:我本善良,谁奈我何?

说到善良,为此还在崇光百货遭遇一次黄牛党。

穿着选好的鞋子去交款,一位个子矮胖皮肤很白净的女人迎面而来："小姐，用我的卡交款吧，交完后你再给我现金。"我不明白她的用意，但我想一定是她从银行里不能提现，因我也曾遇到过此事，就毫不犹豫地帮了她，回来跟老公说起这事，他说我遇到了卡贩，用她的卡买的商品是不能退货的，应该有回扣。我恍然，怪不得九元钱的零头她说什么都不要呢。好在鞋子是穿回家的，我也没有退货的习惯。是啊，黄牛党是听说过，卡贩在商场门口转悠也见过，不过这位可够聪明。这也是我在京城的一次见闻。

说到见闻还真不少。

王府井东方购物广场，一位男士问我看相吗？我不理，他追着说：我送你两句话。我仍不理，随人流进了地下一层，我不知他要送我两句什么话，但在唐山那些摆摊算卦的都是些老头老太或者是中年妇女，像这位身着白衬衫、满脸书卷气的应该是高级白领才对。

逛完地下正要走，又过来一位，比刚才那位高些，更像一位精英。

"气色不错。"他说。

我不理，一步跨入滚梯。

他随后也上了滚梯,继续说:"气色不错,我请你喝咖啡,OK。"

见我不理,他重复着:"我请你喝咖啡,OK。"

我看他一眼说:"对不起,我赶时间。"说完迈出滚梯遁入人流。

以前也见过在商场的一些喝咖啡冷饮的桌边推销唱片的年轻人,说都是自己的作品,也有那些喜欢音乐的拿着耳机认真地听,然后买下来,我想那一定是才华横溢的作品吧。

在天坛也有一群有才华的年轻人,有些像在校大学生。他们专门做老外的生意,见到老外就迎上去:"Olympic T-shirt (奥林匹克T恤)。"大部分老外对他们都不理不睬,也有执着的,我就见到一位,拿着一本英文版的画报,跟着一位外国女人介绍了一路,老外不时地说着:"I'am sorry(不好意思,很抱歉)。"快到门口了,他好像很不情愿地说:"That's great sixteen(那好吧,十六元)。"最终老外也没有买他的画报,不过能用英语与老外砍价算不算才华?

总听人说京城是人才荟萃的地方,卧虎藏龙,而那些名人大腕儿在未出名之前不也曾在市井中游走、窘迫过吗?

京城处处有商机，去雍和宫如果为找不到车位发愁的时候，总有那些聪明的店主向你招手，停车不收费，买两包香烟就可以，二十元。

城乡华懋商场外，要钱的不断，全国各地都一样，闹市里都少不了讨钱的，这一次我看到一个与众不同的。一个胖墩墩的男孩儿，十一二岁的样子，穿得干干净净，躺在布单上昏睡不醒，旁边坐着一个男人，同样一尘不染，一副欲哭无泪状。见此我真的有些担心起来，如果那孩子有病，靠这样讨钱够治病吗？如果没病，那孩子是不是被强迫吃了安眠药？

多了心事的我回到住处，从十一层望下，那些为二期工程忙碌如蚁的农民工，让我竟然想到了关于生存这么大一个课题来，不会生存的我在京城商场的调侃是不是算生存之技巧？

不过我认为保持心中幸福才是最好的生存之道，幸福才会快乐，快乐才会健康，健康为生存之本。

娟 儿

说起来真是难以置信，全国人民都知道的关于希望工程的那张大眼睛照片，活脱脱就是我姥姥家那庄杀猪的张贺臣家的二闺女，浓密的短发、大大的眼睛，就连那饥渴的眼神都一模一样，照片中的女孩叫苏明娟，张家的二闺女在被人收养后就叫娟儿。

记得小时候那庄管村医叫先生，谁家有个头痛脑热都会说："快招呼先生去。"等我长大了称呼某位男士为先生的时候，心中总是怀着万分尊敬，而小时候那个被东家叫西家请的先生总是与现在被我称为先生的人格格不入。

那时候庄里人管杀猪的就叫杀猪的，至于屠户和屠夫是我后来从书本中看来的，可我还是固执地认为：屠户是为了生计选择的职业，屠夫却是嗜杀如命，非杀不可的狂人。

屠夫杀猪我是见过的，那是至此唯一的一次，却让我终生不忘。那时的我只有七八岁，正赶上年根，姥家的小队上要杀猪，我和一群不谙世事的孩子挤着去看热闹。只见那屠夫，脑门倍亮，脸上泛着油光，一丝淫邪的笑挂在嘴角，我想这也许是他最最得意的时候，因为那时任谁家都很难杀得起一头猪，那屠夫真是机会难得。小孩子不懂得逃避，我是从头至尾看着一头猪挣扎、垂死最后变成挂着的白条，竟被那屠夫活生生上了一堂杀生课。那段记忆是一片血色的惊恐，那时的我一定是嘴巴张到极限，眼睛睁到极限，"倏"地从脑后蹿出又一个我来，跃马横刀，勇者无敌，必杀的就是那屠夫。

我没见过张贺臣杀猪，因为他跟我姥家不是一队，他给我的印象就是一个屠户，人很壮硕，满面络腮胡的脸刮得泛青，目光炯炯腰板倍儿直，走路带着风声，见到我这个小孩还冲我笑笑，我想如果他兜里有糖一定会掏两块给我。我看见他的时候大部分都是谦卑地跟我姥姥说话，我姥姥除了规劝有时还夹着批评。

张贺臣家的院子有两间房，后面那间住着他媳妇和带来的五个跟前夫生的孩子，前面住着张贺臣和他的一双儿女，张贺臣在他的媳妇和继子女的眼里是魔鬼，在他的亲生儿女眼里是慈父，在亲邻的眼里是个没人瞧得起的人。

张贺臣的媳妇个子高高的，皮肤很白，说话的声音低沉柔和，唯一的缺陷就是脖子粗大，也就人们常说的大粗脖，是长年生气气出来的。命运多舛早已让这个女人对生活失去了信心，活着只是为了活着。

听说张贺臣媳妇的前夫也是个很健壮的庄稼人，"文化大革命"的时候站错了队，晚上被拉出去批斗，一镐镔就斗死了，晚上活蹦乱跳地出去，早上领回的是尸首，撇下一个女人五个儿子一个闺女。一个女人拉扯六个孩子怎么过？只好把已快成年的大儿子留在家里，带着五个未成年的孩子从外庄嫁过来，嫁给家里哥们太多穷得娶不起媳妇的张贺臣。

张贺臣和他的媳妇是不是也曾恩爱过？他们毕竟又生了一双儿女。在那个贫穷的年代，在那个挣工分的年代，而且一个壮劳力一天的工分不到一毛钱，那时我经常听大人们抱怨：一个大小伙子干一天才挣一个大钢镚（伍分硬币）加一个小钢镚（贰分硬币）。谁能说得清楚？

张家的大闺女叫丫头，比我大几岁，夏天的晚上会和她妈两个人坐在我姥家的门口乘凉。我只知道丫头的上面有两个哥哥，每天拿着锄头下地干活，很少见到他们说话。丫头的下面有两个弟弟，一个叫小五，一个叫小六，整天穿得破破烂烂的满街淘气。丫头还有更小的一妹一弟，妹妹叫二头（也就是后来的娟儿），弟弟叫小子。小子在炎热的夏天一丝不挂地跟在二头的后面，形影不离的小姐弟俩经常围着他们的妈妈团团转，并不时遭到丫头的呵斥。张贺臣的媳妇跟我姥姥说话的时候总是咬牙切齿，骂张贺臣夜里拿了刀找她。我听不懂大人之间的事情，一会儿跑回院子摘一根黄瓜，一会儿摘个西红柿，那时的黄瓜真嫩，西红柿也特别好吃。

我姥姥是谁？我姥姥是王家大院里一个普通的小脚女人，嫁给我姥爷的时候，我姥爷是独子，上有一姐下有六妹，全未出嫁。我姥爷是个酒鬼，对我姥姥举手就打张嘴即骂，七个大小姑子更是变本加厉地欺负她。据说我姥姥年轻时因饭量大，从来就未吃饱过，饼子出锅后不能涮锅，要等这些姑子们数过饼子印再洗。到了我妈这一辈，三女一儿，我舅两辈单传，从小娇生惯养，娶了媳妇生了一子三女，我妈姐仨加一起生了七个外甥女，竟无一儿，从小我记得最清楚的就是，我妗子经常指着三辈单传的小表弟说："我们是千顷地一棵苗，我们是正根，你们是偏权。"我姥姥是个受气的女人，年轻时受同辈人的气，儿子结了婚受儿媳妇的气。我舅挣钱回家的时候一把一沓交给媳妇，我姥姥竟一辈子未收到亲生儿子一个锵子。有因则有果，一生不肯生病的姥姥九十三岁时无疾而终，头天晚上好好地与人说话，第二天早上已睡过去了。三个月后，我舅吃完中饭一头栽在屋地而死，葬在三月前我姥姥的坟旁，用当地村民的话说，就是给他妈垫脚去了。

忍辱一生的姥姥没有怨恨，有的是大慈大悲的同情，同情别人就如同同情着自己。她在家人的白眼中仍偷偷与张贺臣的媳妇不断地来往着，以后就是姥姥讲给我的故事，因为从那以后我回到市里上学了。

姥姥说："听说丫头她爸平反了，张贺臣的媳妇带着五个孩子回老家了。你说也怪了，人家娘儿几个前脚走了，这张贺臣后脚就得了病，大夫也没检查出是啥病，平时一棒子都打不倒的张贺臣竟一病不起，开始还能拄着拐棍在门口站一会儿，没多少日子就死了，撇下二头和小子没人管，跟了他们大伯家的一个光棍堂哥过去了。准是有人捎信给张贺臣的媳妇了,有一天丫头跟着她妈来了,给你姥爷带来了好烟叶。也许是挺长时间没见着了,我把二头和小子叫来留她们娘儿几个吃了一顿饭,这次你姥爷还真没骂我。"

姥姥长叹一口气接着说:"吃完饭丫头把那小姐俩哄后院嗑瓜子去了,回来就拉着她妈偷偷跑了,她妈哭我也哭,我还不敢吱声,等俩孩子发现她妈走了这个哭啊,俩孩子拉着手就'妈!妈!'地哭了全庄三条街。我站门口瞅着她俩哭,隔壁的对我说:'快后(别)哭了,大婶子,再哭鼻子冲去了。'"

每当说到这些姥姥还会流眼泪:"再后来二头跑出来了,说啥不跟她堂哥住了,准是老张家那光棍不是东西,要不她咋比画着说那对不上牙的话,我还紧着说她:'你后(别)瞎说,寒碜!人家知道了笑话。'"

写到此我总算是有了一种解脱,我曾试图寻找合适的语言,面对憎恶,可我无法面对,还是逃避了,多年无法释怀的竟一带而过了,而生活并不是处处开满鲜花,猥亵、龌龊,这样的词语真的离我们不远。

我姥姥接着说:"二头跑出来饥一顿饱一顿地活着,大队上看着她可怜，让她跟大队值班的住，大队有打井队的中午管饭，让她跟着一块儿吃，可这孩子腼腆，看着那帮大老爷们她还害怕，这孩子还算有心眼，晌午过了一清静她就在我门口转悠，我就给她点吃的，让她猫（躲）哪儿吃了，我都养成了习惯，哪天这孩子没来，我就偷偷找找她，这孩子晚上不在大队部睡，她说值班的是个男的，她害怕，她天黑了就找个柴火垛睡。平时庄里来放电影的她就一直看到完，等电影散了别人都回家了，她就自己找个柴火垛睡了，夏天还可以冬天了可咋办呢？临近冬天的时候，二头被送给了市里一对没孩子的两口儿，改名叫娟儿。"我想那家准是怕养不住有圈住的意思，姥姥说："这孩子不忘本，拿着点心跟她新爸妈还看我来了。她妈说：'我们娟儿总说大娘对她好，总给她吃的。'"说到这儿姥姥好像欣慰了一些："那孩子穿的可不像从前了，是个格呢子大衣，就是不像从前爱说话了。二头被送人不久，她的弟弟小子也被送给了外庄一户没孩子的人家，再后来听说小姐弟的姐姐丫头疯了，跳坑死了。"

我知道那张大眼睛的照片不是娟儿，因为娟儿不在外省就在市内，也许我们住得不远，也许我们每天都擦肩而过，我不知道现在的娟儿应该有怎样的人生？我姥姥说起她的时候总会来一句："不知道这孩子现在咋样了？"是啊，她幸福吗？

寻找小峰

小峰是我小时候我们街坊家的一个小男孩儿，他家与我家隔六七个门口，由于他爸妈是双职工，他小的时候是我妈看大的，我管他爸妈叫大叔大婶，他管我爸妈叫二大二妈。

童年记忆里的小峰是个愣小子，说话结结巴巴，连句整话都不会说，着急了就"嗯嗯"乱叫，有时我看他好玩就想亲他抱他，他烦我搓弄他，就"嗯嗯"地叫，我妈听见了，以为我招惹他，就大声训斥我，他却没事人般自顾自玩他的。

大叔叫张永鹏，活力四射、小白脸、小笑眼，我那时从评书里听到的"罗成"以及"浪子燕青"就应该像他那样，长得像个白面书生却特有本事。大婶和我妈说他的时候，口口声声张永鹏这样张永鹏那样，所以这个名字我记得特别清楚。多年之后我妈提起他来也还说：张永鹏不是个好脾气，把媳妇打哭了还得哄笑了，那也叫本事。

大婶叫张什么华，中间那字我记不清了，因为我妈就叫她小峰妈。大婶性格泼辣，说话直来直去，有时跟大叔打架，毫不示弱。大婶对我特别好，总像哄小妹妹一样跟我说话。记得有一次她用自行车带我和小峰出去玩，我当时比自行车也高不了多少，小峰坐前面的大梁杠上，我坐后座上，大婶就一脚支撑一脚迈过车座骑了出去。正当我们骑过一段土坡时，前面有个土堆挡住了路，大婶让我下车，我害怕得不敢跳，大婶急中生智，拎起小峰就放下去了，这愣小子被他妈提溜着脖领子，从车座上拿起再放地上，竟一声未吭。

小峰两三岁的时候我妈怀了我小妹，小峰要走了，那天晚上大婶说：明天小峰不来了，我妈眼泪扑簌簌流下来，我幼小的心灵也尝到了惆怅的滋味。

后来小峰的家搬到离我家一公里的复兴路东去了，大婶有时也会接我过去和小峰玩。

有一次小峰哭哭啼啼地来了，后面跟了孩子、大人一群。一个男的说："这孩子在东大道可能是迷路了，我们问他话他也不说,说领他去派出所他不让我们碰他,谁碰他,他就'嗯嗯'地叫,然后就一直走这来了,我们怕他出事就跟着他。"这愣小子,他家就在那附近,他却跑二里地找我们家来了。

我小妹三岁的时候,就是1976年7月28日凌晨3点42分53.8秒,唐山发生了那场惨绝人寰的大地震,24万人死亡,16万人重伤。当时我家就住在震中心的路南区,而我家院内三户十一口竟无一人死亡,实属罕见,也算是不幸中之万幸了。

记得地震的头天晚上非常闷热,左邻右舍都当街坐到很晚才睡,正是睡得最沉的时候,大地开始颤动了,当时我就感觉像是躺在筛子里的花生,被隆隆地筛来筛去,哗哗地有土掉下,接着屋顶夹着烟尘轰地砸了下来,开始我还大声叫我妈,后来就慢慢失去了知觉。

等我醒来时天上开始下起毛毛细雨,我已躺在我家倒塌的屋顶上了,天大亮时我妈回来。后来得知,我爸妈和小妹先爬出来,听到对面屋的黄家大爷在叫,就先将他们两口子扒了出来(他们的女儿上夜班两天后也平安归来),然后黄家大爷和我爸两个人又将我二妹和我扒出来了,当时以为我死了,就将我放平又去扒我们院厢房的另外三口去了。当时的情景就是如此,出来的就开始没命地扒人,死了的放下,活着没受伤的继续扒人,根本就顾不上悲伤痛苦,只是拼命救人、救人……

我爸我妈扒完院里的又开始扒左邻右舍,都扒得差不多时才想起离我们半条街远的我爷爷我奶奶来,又赶了去扒我爷爷我奶奶,等把我爷爷奶奶扒出来后我爸又去扒我爷他们同院的去了,我妈自己回来。和我爷爷奶奶同住的小叔那天上夜班,一直下落不明,直到一年后回家,当时他在厂里被砸成重伤转到本溪去了。

我的眼睛被憋出两个红血疙瘩,脖子也肿了,我爸说再晚一会儿就闷死了,后来我爸扒我家的东西时见到房梁主檩的一头正杵在我的褥子中间,我睡觉不老实反而捡了一条小命。

一夜间一座城市夷为平地,我呆呆地坐在废墟上,脑子一片空白,近中午时家家户户恍若惊梦,这才在痛失亲人后哀伤起来,悲哀的哭声一次次地从废墟中传了过来。对门的赵二奶两口子死了,剩四个儿子,最小的儿子刚上中学。同院尹家两口和他们的五个儿子没事,可他们唯一嫁出去的漂亮女儿全家无一幸免,四口之家一儿一女,大外孙还没满月。我们西隔壁尹家与对门尹家是堂兄弟,他们家小儿子和我是同学,叫尹卫增,尹卫增死了，他爸死了，他妈腿瘸了，他大哥胳膊折了，后来截肢成了独臂。他姐一家四口死在三个地方，小外甥女死他家了，他姐上夜班死在厂里了，后来是在厂子的大门底下找到的，说明她当时是从车间跑出来，跑到大门口时被倒下的门洞砸死的，找到时人早已臭了。他姐夫和小外甥死在家里，扒出来时那小孩嘴里都长了蛆，就剩他二哥一个全活人。东隔壁是个大杂院，住着七八家，家家有伤有亡，哭声一片。我看见那个叫小涛的小弟弟已经死了，他妈还在一口一口地给他做人工呼吸，希望他能活过来。

天气炎热，死人放一天就开始臭了，我爸妈开始搭帐篷照顾我爷爷我奶奶，寻找食物和水，帮着埋死人。我奶对面屋的死了四口，老两口和大孙子还有儿子媳妇，就剩下他们的儿子带着一双幼小的儿女。我奶后院的庞家三个膀大腰圆的儿子都死了，就剩老两口和他们的老闺女。我爸说这大哥仨，活着的时候都是大块头，死了更沉，死人沉死人沉。

记得我爸那天帮着埋完庞家哥仨后，一头扎在我家的帐篷再也起不来。震前我爸留的是分头，每星期必须理一次发，我妈经常说我爸，你头发长得咋这么快，一个礼拜不理就不中，演特务不用化装。

从此后，不到四十岁的父亲，一头乌黑浓密的头发竟开始变得稀疏，额头还谢了顶。

不知过了几天，我爸妈想起小峰，赶过去时听他们一块儿住的说，小峰的爸妈都砸死了，小峰是在天亮时自己爬出来的，中午的时候他们农村老家的人赶来，把他爸妈埋了将小峰带走了。

与我家隔一条马路就是机车车辆工厂的医院，人们都习惯叫南厂医院，是震前刚建成使用不久。南厂医院未建之前是个大坑，我听我们院的刘大爷说，那里原来是个乱葬岗，有一次他夜里下煤窑经过还遇到过鬼打墙，新建成的医院是工字楼，地震的时候，白天医务人员活动晚上不住人的一面居然没倒，而另一面住院部却全塌了。刚震完的夜里，我们院的人都听到有声音，好像从很远的地方传来，又好像刮大风，顺风传来的吼叫，也像从一个很大的洞穴里传出来的，总之很恐怖，大家谁也不吱声，连着三天声音不断，白天人声嘈杂听不见，越是夜深人静越听得见，三天后就没声了。后来附近的居民才明白，声音是从医院住院部传来的救命声，那时的楼房都是盖板楼，凭这些手无寸铁的居民根本扒不出来。后来部队来了，用吊车扒出一具具尸体埋在南边菜园里，南边农业社菜园埋满埋遍了死尸。直到我开始上学了，南厂医院还经常扒出死人，有一次扒出一具人的大腿却找不到整尸。那时的唐山城到处弥漫着死尸的臭味，无处躲无处藏，窒息到怀疑自己的鼻子出了问题。

我不止一次听我爸妈谈起小峰，他们总是不无遗憾地说，咱们就是没儿子命，要是早想起小峰就好了。

小峰爱吃炖鱼里的蒜仔，有一次我用筷子按住不让他吃，我说那不是鱼肉不能吃，是调味用的，他"嗯嗯"地叫，我松手他吃得津津有味，以后我也尝试吃了一次，感觉不是很难吃。现在我早已养成一个习惯，一盘炖鱼上来我先把蒜仔挑出来一一吃掉。

小峰，看到此文一定留下联系方式，姐和家人一直惦记着你。

可是小峰早已不是当年的愣小子，他还会有儿时的记忆吗？以他的年龄也已成家立业为人之父了，就是他真的站在我的面前我们再也认不出彼此，想到此我竟潸然泪下。

30 克黄金的故事

　　天下的女人哪个不爱珠宝首饰呢？珠圆玉润、金银细软，就是再不喜欢戴也要备一两件，偶尔拿出来赏玩也是喜悦的，心里会踏实许多。至少我是这么想，而且我曾经有过一些呢，黄金应该不止30克吧！还有翡翠呢，之所以把此文的题目写成30克黄金的故事，是因为我最喜欢的是那只黄澄澄的实心镯子，30克多点，不厚重也不纤细，恰到好处地戴在我的手腕上，但那只是曾经，曾经沧海难为水啊！

　　说起来已是十年前的事情了，我早已没了当时的懊恼，好像讲着别人的故事。那时我刚刚搬入新居，从六层搬到三层，不久楼下的二层就开始焊阳台罩，我老公向来是比我有先见之明，马上就让这家的工人为我家定做了，约定七天后来安装。

第三天的时候就有窃贼顺二楼爬入，青天白日家中无人，无一点翻动的迹象，只是当我回家后坐在梳妆台前拉开抽屉时，我的首饰盒不翼而飞，这才发现窗外有鞋印，原来小偷捷足先登了。我那些积攒的金银珠玉，到现在我已忘了几枚戒指、其他多少、价值几何了，只是当时我和老公两个人觉得庆幸，因为我那套最值钱的首饰就在卧室外的录像机上，这个小贼轻而易举找到首饰盒就满载而归了。如果贼人再贪一点，我的懊恼也就不止如此了，那可是我最喜欢的饰物，一只金镯，一条沉甸甸的金项链和一枚翡翠戒指，那戒面的碧绿一直是我最爱的色彩。

我其实是不喜欢戴首饰的，因为有了那次教训，出门的时候反而不放心家里了。不久之后我和老公去北京，住旅馆洗澡时我顺手摘下，全部放在一次性拖鞋的塑料袋里，我想住过旅馆的人都知道那塑料袋非常薄，当时我放这些东西就怕坠破，就放在了一只白瓷浅碟烟灰缸里，那只烟缸就放在床头柜上了，后来我老公说，他的朋友来访，他开门之前顺手就把烟缸连首饰放到床头柜下面了，因为他当时看到透明的塑料袋里的首饰了，而我这马大哈洗完澡出来一看，床头柜上什么都没有，就以为他替我收起来了。送走他的朋友我们就很快睡了,早晨四点他的朋友就开车接我们赶着去房山,我们是匆匆忙忙退的房,到了房山之后找到新的住处我突然想起问一声,这才知道出落下了,赶回来询问,告知房间打扫过了,一切被服务员倒垃圾了。用我们朋友的话说:"这根本不可能,一定被服务员觅了。"我老公却潇洒地说:"财去神安。"至此我就一无所有了,不过还好,还有一对金耳坠儿留在耳朵上,干脆又给了我妈,从此不做黄金梦。

　　小时候我最烦的就是穿用奶奶的旧衣改成的棉袄,虽然穿在里面心里仍觉得老大的不情愿,那可是缎面的,古色古香的泛着蓝光,上面开满凹凸有致的织花,现在想起来是多么的漂亮,那时候我可认为是死人色,总以为是从哪个古墓里挖出来的,而且又非常不结实,尽管如此还是穿也穿不完,因为奶奶有一大堆年轻时的缎子衣服。出生在大户人家的奶奶一生也只留下一副银耳环,最后也一同被我丢失了,而我妈戴着我给她买的那些首饰还被我小叔奚落了一番。奶奶在的时候经常会说我:"怎么又买新衣服了?你那件红格子上衣呢?"在她眼里一件好看的衣服就应该永远穿,然后她就会唠叨我,"这丫头金手银胳膊，能挣能嗨瑟。"如果我奶奶在的话，她肯定又这样说我了。

上小学的时候我最怕的就是填表，因为家庭成分一栏总是很尴尬地写上工人两字，而别人却会趾高气扬地写贫农。出身雇农的同学即使学习不好也能得到老师的谅解。我很自卑，因为我爷爷的成分是富农，在那个成分论的年代我就好像是先天矮人一截的。我爸对我解释说，我爷爷只是有几十亩地，而且请帮工的时候还要给人家吃好的，那年代好吃的就是菜里加一些豆腐，平时自己家里豆腐也舍不得吃。土改了地给收了，成分定成了富农，因为爷爷为人忠厚老实，从没被拉出去批斗已是万幸了。这些往事总是让我想起葛优演的那部电影《活着》，塞翁失马焉知非福。

我自认不是一个大气的人，经此事之后从此不再置金，我只希望我所失去的能结成一个善果，会为急所用。而当我成了老糊涂的时候，我的孙子辈看到这些文字也许会说：我奶奶原来是个会过日子的人，只是与金无缘。

任雨打芭蕉

这张照片是去年冬天我儿子用手机为我拍摄的,地点是丰润区的肯德基餐厅,他吃了我的血汗钱当然愿意为我效劳。

说到儿子先要引出一段狗故事来。儿子属狗,十三岁,而

儿子眼中的我

我的博客也是以一只流浪狗开篇。

在我儿子没出生之前，我们家三少——我之所以这样称呼我儿子的三叔也就是我的小叔子，因为全家人除了他没有人会有这样的大手笔：1992年那时候花四千元抱只狗回家，然后被我婆婆发现臭骂一顿，再然后这只狗就便宜了我，是只雪白的西施犬，非常可爱，我给它起了个名字叫雪球。近日我们家三少开了家小厂，有了地方了，不知从哪儿弄了一只藏獒来，除了我们家三少，这个狗东西六亲不认，全家人全部敬而远之，就连他的老婆孩子也不敢靠前。

雪球给我带来很多欢乐，除了我儿子谁能把它夺走？因为怀孕的女人不能养猫养狗，雪球被我老公送给了朋友。从我儿子懂事起我就不止一次地唠叨：有了你这条狗，我就少了一条狗。

儿子从小就懂事，没给我添多少麻烦就长大了。他从不大哭大闹，遇到不开心的事就躲到一边去生气，再严重就是吧嗒吧嗒地掉眼泪，这时候我就像被谁触到软肋，找个借口给他一个台阶下，但我还是会沉着脸，让他感觉不是我怕了他。

儿子上小学四年级时，有一次我和他在狗市看到一只腊肠犬,虽然我也很喜欢但还是不想买,儿子故伎重演,吧嗒吧嗒地掉起眼泪,我无奈买回,我给他起了个名字叫阿布。

阿布一身棕红色的短毛,从来听不到它大声叫唤。有外人来家,它会悄无声息地走过去嗅嗅。我老公说:"这只狗长大了肯定厉害。"有了阿布还惹得老公儿子妒忌我,因为阿布最听我的话,我也理直气壮:"你们就知道回家看它好玩。喂它吃喝、给它洗澡的还不都是我!"不久阿布被儿子带出去玩、吃了耗子药,全家人到处跑着给它求医,打针输液灌药,三天后还是死了,闹得儿子和我哭了一场,一百二十元买回的狗,医药费花了五百多元。

几天后儿子在学校与同学游戏,门牙被磕掉半截,我又恨又气:"非要买狗回家,狗死了就不是好兆头,我说不买偏要买,妨人败家,搅和灾星。"骂是骂了,儿子的半颗门牙成了我心中永远的痛。

如今儿子身高接近一米六五,个头快赶上我了,鞋子从38码飞速变换39、40码,来不及买41、42码,就直线上升到43码。他每天骑自行车上学来去自如,可不管怎样儿子在我眼里还是个心智不全的孩子,我还是想二十四小时不错眼珠地盯着他，不许他离开我视线半步，唯恐他在我心里再留一道永久的痛。

唐山是全国牛车城之首，不出二百米就有部好车出现，儿子从小就认识各种名车。什么悍马、宝马、大奔、小跑、X5、V6、Q7各种名车到现在我还是分不清。唐山的路是棋盘式的，正南正北正东正西，用我老公的话说就是傻子都不会走错。可我开车的时候不是拐早了就是拐晚了，经常走冤枉路，有儿子这个小向导在我就从不出差错。儿子电脑比我精通，我的博客就是他帮我申请开通的，我只需要打出文章，剩下全部交他就一切OK了。儿子爱吃洋快餐，我家地下室有两箱子他从小到大吃肯德基、麦当劳儿童套餐送的玩具。我经常不失时机地提醒他：这都是我的血汗钱换来的，你长大了可得还我，他早已习惯了我的蛮横无理。儿子喜欢看书，买书的时候在我这儿总是大打折扣，他得不到满足的部分总会从他爸那儿找补回来。这爷儿俩有时会联起手来攻击我，说我是肥婆、傻大姐、孙二娘。

有一次我和儿子路过一个报刊亭时，他说想买本《读者》和《漫P》，我爽快地过去花三元钱买了本《读者》《漫P》我不爱看就不买了。

儿子追着央求："我这一星期不吃肯德基了，买一本呗。"

我说:"好啊!你一年不吃我每期都买。"

儿子无奈:"你这不是谋杀我吗?"

我窃笑。

前几天儿子下学匆匆回家,进家就嚷:"快开电视,正播嫦娥飞天呢。"

我不屑:"飞不飞天管你啥事?"

他反驳:"你咋这不关心国家大事呢?一点都不懂政治。"

他打开电视自顾自地看。

昨天儿子又跟我念叨奥运门票的事。

我说:"好好在家看电视比啥不强?直播比现场还清楚。"

他说:"难得奥运在中国召开,这是机会,机会错过就没有了。"

我说:"我没钱,有本事自己挣钱爱买啥买啥。"

他说:"你别这么刻薄不行,要不你写博客了!不刻薄你就写不出博客。"

用儿子的话说这就是90后,以后的社会是90后的舞台。

有时候我就想,如果有一个儿子这样性格的老公多好,无论我多么跋扈,都是一副容忍到底的态度,而我老公则不同,一手遮天，是我们家里的大拿。我是两耳不闻窗外事，一心只读圣贤书，落得省心自在，吃凉不管酸。有时我和他也会有权力之争，虽然总是以他错了为结果，我还是觉得没分出输赢胜负，细想想，根本就不是他怕我，充其量是我不怕他而已。有时我就想有老公这样一个儿子也不错，永远不用担心他在外被人欺负，受谁的气回家。

儿子琉璃球样被我拨拉来拨拉去，不经意间就成人了，我还没反应过来呢。夏天的时候他还非挤着和我睡，转眼秋风吹残窗外的浓绿，儿子悄无声息地回自己房睡去了，凭我怎样哄骗都不为所动，让我心里涌起一波波不为人知的失落来。

是啊！生活有笑声也有眼泪。如花美眷、似水流年而人生总少不了伤感，老公之纵容、儿子之忍让，一切都将如落花流水随风而逝，而我也只能让伤感之泪化作雨滴，敲击心事，于是我将此文的题目"儿子与狗"改成了"任雨打芭蕉"。

黄　花

　　她叫常淑暖，她的名字是我在她家的一面镜子上看来的，那是她结婚时别人送的礼物，红漆小字。我从来没听别人叫过她的名字，那时我经常看这个名字，觉着好看，却总把暖字想象成媛字，比如名媛淑女之类的词多有空间，我自问："为什么叫暖呢？这可是很少有人叫啊？"她的身世像她的名字一样，对我一直是个谜，我叫她黄大奶。

　　黄大奶在我出生那年也只不过三十岁出头，等我上了小学，粗识文字又有了点记性的时候，她差不多四十岁了。我四十岁的时候刚刚拿了驾照学会开车，四十岁的我在北京欢乐谷玩遍特洛伊木马、太阳神车、过山小火车等等惊险刺激、翻江倒海的游戏，而且自我感觉良好，看来四十岁的女人还不算老。

黄大奶是我家对面屋二十年的住户,那时我家住在唐山市路南区南刘屯大前街26号。

小时候的家是深宅大院,有大门二门之分,房子倒是没多少,三间正房,三间厢房。听说以前整个院子都是刘大奶家的,后来因家境出了问题,才将三间正房卖了,我家买了一间半,黄大奶家买了一间半,刘大奶家住了三间厢房。

如果那时街道要评先进住户,我想应是非我院儿莫属,因为三家住了二十多年从没争吵过。

记忆中我家前院两边种满绿油油的庄稼,墙角还种着一种叫毛子姜的植物,高高的长满叶子,像树,等到收成时就连根刨了,从地底下会挖出许多状如姜块样的果实,很新鲜。

走上石阶迈过高高的二门门槛儿,才是我们三家的住房,黑漆红边的木门很厚很重,进了二门的院子可是硕果累累,有柿子树、桑葚树、苹果树,到了夏天还有大大的葡萄架乘凉,那满院的各式各样的盆景鲜花可谓争奇斗艳,最难忘的是一盆橘黄的花朵,修长的花瓣透着清高,而花蕊细长地探出来,状若蝴蝶的触须,蕊顶是点漆的墨色,就像画龙点睛之笔,真真是娇艳欲滴。虽然这满院清香不是我家的,果子熟了的时候,作为小孩子的我还是能得到赏赐的,所以小时的我也算是赏得奇花,尝得鲜果了。

黄大奶那时可是个绝色的女子,每次从外面回来,迈过二门必走起碎步唱将起来。唱的是戏词,我听不懂,但只觉得声音婉转甚是好听。

黄大奶年轻时的经历可有些传奇,但也是我这个小孩自小到大道听途说来的。

听说黄大奶小时父母双亡,是在亲戚家长大,由于受到歧视,不愿寄人篱下的她,十六岁时离家出走,落入天津有名的娼界,据说还曾是专门接待日本军官的高级妓女。再后来就解放了,她嫁给了当时"扛交行"的黄大爷,我不知道"扛交行"是什么意思,也不知是不是这三个字,就是现在的装卸工,是靠力气吃饭的。黄大爷人长得高大壮硕,从小我就听黄大奶说,嫁给黄大爷的时候,他啥都没有,只有一个洋火箱。当时我还想洋火箱也是个物件呢,后来我才明白洋火箱就是装火柴的纸箱。

按说从娼门出来的人是应该被人瞧不起的,黄家这两口没有任何亲戚,一个女儿还是从小抱养的,可我们这一院三家最数黄家门庭若市,而且都是黄大奶的朋友。那时我家方圆几里最大的官就是刘屯农业社大队长，黄大奶与张大队长的媳妇是死党，经常在一起打打小牌，唠唠家常。张家的一群儿女也经常到黄家来，围着黄大奶"黄大妈"长"黄大妈"短地叫个不停。

逢年过节与黄家像亲戚一样走动最多的有两家，一个是唐家，一个是黄大奶的干女儿丛香家。由于那时我只是一个辈分小的孩子，总是会围着那些来客好奇地转来转去。我最爱看的是唐大爷一家，那时的唐大爷也只是个四十出头的壮年人，一表人才，说话的声音富有磁性。他的家人也都是打扮得时髦得体，连小孩子穿的都是那个年代家家都舍不得买的皮鞋。唐大爷是一个厂子里的供销员，是那时候最吃香的职业。唐家的孩子管黄大奶叫黄娘，听起来既亲切又与众不同。

丛香的爸爸那时也是个中年男子，是农村人，穿着打扮却依然是与众不同：对襟大褂，一双靸鞋，面料也是非常讲究，冬天穿皮夏天是绸缎，人是一脸络腮胡，精干利落，眼中充满智慧，如果腰间别一把枪，活脱脱是哪个山头的匪首下山了，他干脆让女儿认了黄大奶做干妈。丛香有一双水汪汪的大眼，跟她爸一样讲的是农村的方言，"妈""妈"叫得特甜。

传说唐大爷和丛香的爸都是黄大奶的相好，也就是她未从良前的常客，黄大爷亦是，如果真是如此，他们能如亲人般这样走了一生一世，让我这个走过看过世态炎凉、却总是迷茫到不知世间情为何物的小女子，每每为此感动不已。她在我的眼里总是不能与那些下九流的妓女连在一起，因为我没见到她阴暗的一面，最起码她是娼妓中的传奇女子。

　　黄家两口更是恩爱有加，夏天的时候每天晚上都是放一大木盆热水，两个人在屋里洗澡，黄大奶总是先洗得干干净净的出来，黄大爷再独自洗完倒水收拾善后，坐在院子里乘凉的刘大奶也总是忘不了开句玩笑："两口子又洗对盆呢？"两个人和他们的女儿更是知冷知热。用我妈那时的话说，刘家三口吃饭从来听不到你谦我让，而黄家也是三口人过日子，吃饭的时候有点好吃的总是留来留去。有时我也看到黄家两口子打架，不知何因吵了起来，最后总是黄大爷笑着说些道歉的话。有一次吵得厉害了，黄大奶竟要撞墙寻死，惊动全院出动劝解，那次我见到黄大爷一把抱住她，满口央求竟流下眼泪来。

　　黄大奶年轻时真是肤如凝脂，白皙如天鹅之绒，直到七十几岁皮肤仍白里透红，不见一丝褶皱。小时候我一有机会就会趴在她家写字台上，看玻璃板下她年轻时的照片——精美的旗袍，奢华的背景，反翘的波浪发式，美丽又有些稚嫩的脸蛋，总会让我浮想联翩，她到底拥有过怎样的人生呢？

小村旧事——童年

被姥姥喂胖了的我

最右边的是我

少年时的我

只此一个题目，足以让我有了窒息的感觉，如鲠在喉地难受了数日，我开始逃避电脑、逃避写作，甚至有了从此搁笔的念头："写、写什么鬼东西？"

我知道：我在拒绝、拒绝那段不快乐的童年，或者说在拒绝童年里的那段不快乐。我也知道：诉说也许是最好的宣泄方式，把内心深处的苦痛用叙述方式写出来，也许是我一个最好的疗伤过程。最终我选择了面对："面对人生欢乐，也要面对人生的苦痛，一个敢于直面人生的人也许才是一个勇敢的人。"

在我一出生的时候，我妈就因生乳疮住院，我被我奶抱回喂养，等到满月的时候已是骨瘦如柴，连哭的力气都没有了，用大人的话说就是"这孩子恐怕要喂狗了"。这时我姥姥从农村来了，毫不犹豫地将我抱回了她的村子。姥姥在喂我的牛奶里每次都加一点猪油，等到我八个月大时我爸再见到白白胖胖的我，已经认不出了。从此我十岁之前的童年时光几乎是在那个小村庄里度过。

姥姥是个善良朴实的小脚女人，唯一的儿子又娶了一个远近闻名的厉害媳妇，我妗子对我姥姥说话从来就没有过好脸色。我姥爷爱喝酒，喝完就经常给我姥姥气受。胆小怕事的姥姥谁也不敢招惹，小心翼翼地活着，记得有一次比我大一岁的表姐竟对我姥姥说："等我长大了就杀了你。"

我是在姥姥的眼泪中泡大的，一个弱小的生命只靠姥姥这个最弱的弱者维护，境遇可想而知，自小饱受歧视，尝尽寄人篱下的滋味。尽管我妈一分不少地付了我的生活费，姥姥、姥爷与舅舅又分家另过，可我还是只能在舅舅阴沉的脸色和妗子的冷言冷语中悄悄地在那个农家院进进出出。我的表姐、表妹还是愿意跟我玩的，只是她们处处比我有优势。有一次我和表姐为小事争吵，表姐说："回你们家去，你是城市佬。"我回敬："你好，你乡下佬。"她马上有话等着我："你在这住更是乡下佬。"我竟不知怎么回答，被她噎住了。

小学二年级的时候我转学回到市里，我与我妈的感情已无法亲近，自小到大我从来没在我妈面前撒过一次娇，性格变得执拗敏感，遇到不快就哗哗流眼泪，多年之后我看过日本影星山口百惠自传里的一句话："长得不似丑小鸭的我从小并不讨人喜欢。"我深有同感。

刚到市里上学与同学语言上也有一些差别，人家说这个东西特别好，我说猛个好，一口乡下音，如果哪个同学敢耻笑，我会毫不留情地与人打架。上小学的时候我经常与人打架，不论打输打赢从来不跟我妈说，就是说了我妈马上会有一句："你家里好好待着，谁就打你，咋没人打我呢？"我会垂头丧气地想，就是被人打死也不告诉她了。有一次我与我们班一个叫三儿的女同学因为追双杠打起来了，我的手被她抓流血了，我返回来又把她的手抓破了。第二天三儿没上学，她的家长跟老师请假说："三儿上医院了，花了三毛钱。"老师狠狠训斥了我一顿，我心里委屈不敢说，还忐忑不安了好几天，怕三儿她家找我妈赔钱。三毛钱对我来说是个非常大的数字，我对钱的多少根本没有概念，我只知道我们家不富余。

到复旦上学是我第一次离开家乡，刚开始一星期我几乎未开口讲话，等我说话的时候已经是一口流利的标准普通话了，而且还带点南方腔。南方人说我是北方人，因为我吐字比南方人清楚；北方人说我是南方人，因为我说话的腔调有点软。反正都说我普通话讲得很好听，我说自己是不南不北的边缘人，我的语言天赋也源自童年之经历。

童年那段不堪回首的往事，积聚在我记忆的角落，早已被我心灵的抵触撕成了碎片，而今我终于决定将这些碎片展示出来，以期让我的心灵得到一次彻底的净化。

狂 风

狂风怒号，人人都见过，就是没有亲历过的也在电影《草原英雄小姐妹》里看过了，而亲历过的人谁还不是能躲避就躲避呢？

记得有一年快过年了，在这之前我不记得我每年都是在哪儿过的了，从那年开始我就从没在我姥姥家过年，那是腊月二十八，我妗子对我姥姥说，让我不要在那儿过年，她说："外甥女在姥家过年妨舅。"姥姥不敢反驳，只好让我小姨把我送到二姨家，二姨家离姥姥家有十几里。

吃过中饭，我坐在小姨的自行车后座上就出发了，刚出家门的时候就已经开始刮风，但骑自行车走还不成问题，出了村口，是一望无际的黄土地，确切地说是沙土地，因为姥姥他们庄的花生白薯最有名，听大人们说沙土地的花生好吃，白薯甘甜。

也许是没有了房屋的遮挡，狂风呼呼地迎面扑来，而且越刮越大，田野里屈指可数的几棵小树被吹得弯了腰乱摇乱摆，随时都会咔嚓一声折断，沙粒随风横向飞起，没头没脑地向脸上冲来，打得脸上生痛生痛，睁不开的眼睛眯出了眼泪，一说话就是满口的沙子，自行车早就不能骑了，推着走已倒了两次。我和小姨艰难地停停走走，小姨说不去了，明天再说，我执意不从，小姨生气了大声吼叫："要去你自己去！"说完就往回走了。

小姨回身的瞬间就成了一个小黑点，转眼就消失在狂风里。我穿着棉猴被层层风墙包围，背对着风向倒退着前行，除了心里担心小姨真的不管我之外，竟没有一丝恐惧，反而有了一种从未有过的奇特感觉。成年之后我总想远离尘嚣浮躁的闹市去找一片净土，我想找到时一定就是那样的感觉。

我执拗而漫无目的地走着，我根本不认识去二姨家的路，可我就是想去，那里有一个小我一岁的表妹，我们俩会有说不完的悄悄话，她家对面就是小学校的操场，我就是在那儿学会了骑自行车，她们庄里的人对我都很热情，她们那儿的人对我这个城市来的小女孩充满了好奇和友善，我喜欢那里，我就是要去。

小姨拗不过我，天大黑才到了二姨家，我终于胜利了。

乡　俗

前几天刚过了冬至，传说名医张仲景在这一天曾用中药包成饺子，救了许多受了冻伤的百姓，冬至这天吃饺子成了民间的一种习俗。

说到乡俗首先就会说到吃，民以食为天嘛！正月十五的元宵，八月十五的粽子，大人们忙得脚不沾地，我也会像模像样地跟着做，手里拿着青涩的粽叶，放上雪白的糯米，再放几粒被水泡得漆红溜圆的小枣，心里会有一种莫名的喜悦。做元宵则不同了，搓来搓去，下了好一阵功夫最后还是"噗"的一声漏了，还得重新来过。但这只是做，吃却吃不多，吃一些还可以，吃多了就不好吃了，等再想吃的时候也没有了，还要等上一年。我小的时候说到吃就很腻味，好像一年到头就盼年三十的那顿饺子，只放一绺韭菜，全部用瘦肉，肉丸饺子，但只限于我妈做的。

乡下的食物是新鲜丰富的，对大人如此对小孩则不同，我姥姥家那儿盛产花生白薯，最多的就是玉米，然后是小麦及其他一些杂粮，家家户户院子里种满应季的时令蔬菜，而我是不吃芹菜、茄子、茴香、矮瓜……西红柿和黄瓜只能生吃，做熟了我也不吃了，好像除了大白菜就没有可吃的了，那年头又没有肉，熬出来的白菜真是淡而无味，偶有一次杀一只鸡炖了，焖一锅小米饭，大人们都说好吃，我却只吃鸡腿，挑挑拣拣，这不吃那不吃。每天的主食除了玉米就是白薯，早饭是玉米渣粥和白薯，中午玉米饼，晚上继续玉米粥，不用吃整天看这些玉米就让我吐酸水了。其实也不是都不好吃，我姥姥每天早上用大锅熬完粥后会将锅底的余粥做成一大碗锅巴，那是我百吃不厌的，现在从超市买来的锅巴根本无法与之相比。那时每年冬天每家都会蒸许多的黏豆包，黄米面做皮，红豆沙馅，没有砂糖，放的是糖精，冻透了然后再放在大缸里，吃的时候放在炉子上烤，外焦里软，用手捏扁冒着热气，现在想起来真是难得的美味。那时候我只想吃馅不爱吃皮，每顿饭都吃得很无奈，半时半晌就喊饿，我姥姥有时会找一块点心塞给我，找个没人的角落去吃，有时当街有卖豆片的，就用黄豆换一点，还是找个没人的地方去吃。这种待遇也不是经常有,实在没办法了只好爬到房顶上去找块晒蔫了的白薯吃,用大人的话说,这孩子太尖馋。现在的小孩叫偏食,还要找医生治,我却认为小孩子不吃这不吃那是很正常的事,长大自然就好了。

回到市里就大不同,街上一整天都有卖冰棍的,二分一颗五分一块,一分钱买只唆了蜜,在手里捣来捣去,把红糖变成白的了才舍得吃,离家不远有个大商店,酸枣面、古巴糖、面包、糖果、榛子、菱角,各种小吃应有尽有,只要有钱就能吃到,可就是没钱。大人高兴了会赏一点解馋,但总是不能尽兴地大快朵颐。

满足不了口腹之欲说说精神食粮,更是乏味得很。最快乐的就是放映一场露天电影,天一擦黑就拿一只小板凳占地方,一直看到结束还意犹未尽,有时会随着大人们去外庄看电影,那可是最令人兴奋的一件事,回来的路上,满地的月光,朦胧的青纱帐里不时会传来一两声虫鸣,受惊的小鸟扑棱棱飞走,远处是青蛙在歌唱,大人们互相开句玩笑,我们这些小孩小跑着,恐怕身后会有一只黑手把谁拉走,一切充满神秘和梦幻,而且是非常甜美。我喜欢那种人随月亮走,月亮随人归的感觉。

　　乡俗是传统的，而最能体现传统的就是谁家死了人做丧事。院子中间搭一个灵棚，棚下是一口红木棺材，死了的人要装裹好了才能放入棺材，装裹就是死人的穿着，不知是不是这两个字，我姥姥那儿的人就是这样说的，而且很讲究：铺金盖银，就是把褥子和被子染成金银色，必须穿布鞋，说死人穿了皮鞋下辈子会变成牲畜。请一群吹鼓手，唢呐齐奏，乐声在小村的上空悠扬，大人小孩都会去看热闹。发送的三天，晚上要有人守灵，传说没人守灵如果有猫狗从死人的边上走过就会诈尸。听大人们说这些不亚于听鬼故事，所以小时候我认为那些锡纸做的假花、唢呐的声音都与鬼有关，那紫红色的棺材就是死人色。那时流行土葬，有的人家上年纪的人就会备一口棺材，这样的院子没有大人跟着我是永远都不会进去的。

　　最难忍受的是看死人的亲属哭得肝肠寸断，我们这些看热闹的人一个个都是似哭非哭的表情，有的还装出事不关己地笑笑，其实笑得比哭还难看，长大以后我再也不喜欢看热闹了。

淘 气

小孩子的淘气是玩出来的，如果玩得没有章法就变成淘气了，但我觉得城市的女孩儿玩得比较淑女。比如玩糖纸，有自己攒的也有逢年过节从街上捡来的，夹成厚厚的一本书，五彩纷呈，花花绿绿的，好像每一张都有一个甜美的故事，还要经常互相交换，将自己多余的换成自己没有的。女孩之间叽叽喳喳，把每一个甜美的故事演绎到极致。还有玩杏核和冰棍筷子，玩得好会越赢越多，最好的运动是跳橡皮筋和跳绳，跳得身轻如燕，甚是好看。再有就是用六块方方正正的布缝成一个小口袋，里面装上有颗粒的粮食，我家乡叫瓦，一群小孩玩砸瓦，两边画横线，横线外一边一个人，开始用瓦砸中间的人，被砸中的就被换下来砸人，玩得开开心心。当然这些都是现在小孩子不屑一顾的游戏，我这个常住乡下体格健壮的小孩不久又要回去了。

回到乡下，没有父母的呵护，穿一双尼龙袜子就被同龄小伙伴羡慕不已的孩子，其实内心是孤独无助的。可当没边没沿地疯淘起来的时候就会忘掉一切。

乡下找不到糖纸、杏核、冰棍筷子，更没有橡皮筋，却有骨头把儿，就是猪和羊的腿上转动的一块骨头，据说一只猪和羊只有两块，也是比较稀罕的玩物，尤其是羊骨头，小巧玲珑，染成颜色之后更像是宝贝一样，要攒够五只才能玩。如果没有这些就在地上画成小方块分成九格，用小石子玩五子棋，画成大方块就用瓦跳房子，这些都是小伙伴最常见的玩法，可当有谁出个么蛾子就不会如此文雅了。爬到房上去，钻到地窖里，找个地方比赛爬树，看谁爬得高，要不就下到地下钻防空洞，真是上天入地，无所不能。但是有一条，村里那个大坑是绝对不能去的，我姥姥对我连吓唬再哄骗，可有一次我还是差点被淹死，这是后话先不提。

炎热的夏季最百无聊赖的是睡午觉，被强制按在大土炕上，等大人们睡着了，我会悄悄地爬起来，不敢下地开门，怕弄出响声惊醒了大人遭到呵斥，从窗口钻出来。乡下的窗子站在外面往里看有一个大人那么高，我还是纵身一跃跳了下来，光着脚丫一瘸一拐地溜出院子，出了院门，晌午歪了，树叶纹丝不动，不敢去找玩伴，家家都在睡午觉。我看到一棵碗口粗的小树，噌噌几下就爬上去了，偶有人顶着毒辣的日头从树下走过，竟没发现我，有一种不为人知、居高临下没事偷着乐的感觉。

有一次中午独自一人上了房顶，院子的厢房比正房稍矮一点，隔壁一棵大树正好有一蓬荫凉落在房顶上，我躺在树荫下不知不觉地睡着了。醒来的时候我竟滚到了房檐边，一睁眼邻家园子的青蔬就在眼底，一步之遥不知会摔成什么结果。这只是有惊无险，最惊险的一次是在生产队的后院里，有一排猪圈，我和几个小孩站在圈墙上过独木桥，走着走着扑通一声我掉进了猪圈，幸亏猪圈刚刚垫过新土，没等我爬起，受惊的猪竟吱的一声冲我扑来。我竟没注意到这只猪真是高大威猛，比我姥姥家的猪要大一倍。我连滚带爬蹿上圈墙，差分毫之间就被猪咬到脚，那是我第一次对猪有了恐惧，不亚于上演了一场惊险大片，惊魂不定。

除了疯玩，帮大人干活也是必不可少的。在家里剥花生、搓玉米、切白薯干、采野菜喂猪，至今我还记得有马苋菜、人苋菜、苦妈子，还有一种猪最爱吃的叫齐根绸，绿叶浓密，高不过小腿，专掐脑袋将枝干留下，过一段时间还会长出枝繁叶茂的头，再这样采，一茬一茬地采。

秋天的时候收成到了，庄稼倒地，旷野无垠，目无所阻，翻出白薯花生的土壤泛着清香，就想在大片的土地上打个滚，秋风瑟瑟像细腻的耳语，诉说心事。秋后的蚂蚱真是蹦跶不了几天了，逮蚂蚱是非常容易的事，举着两把大刀的螳螂，尖脑袋的扁钩，满肚子仔的叫长尾巴狼，这些活蹦乱跳的战利品拿回家里放在大灶下烤熟了，是最解馋的绿色食品。多年之后有一友人在北京请客，真是极尽奢华，一碟炸得油亮的进口大蚂蚁，一盘雪白的膨化食品上趴满各色油炸昆虫……面对如此饕餮大餐，我却没了下筷子的勇气。

清晨的时候我会把姥姥家的院子扫个干净，有时被串门的碰巧看到就会夸一句："这大外甥女可真勤快！"姥姥会说："就是淘，上墙爬寨子。"我至今记得乡邻的一句话：小子淘了是好的，闺女淘了是巧的。

生与死

"千万不要到有庄稼稞的地方去,那里藏着拍花的,那拍花的手上抹了药,看见小孩照脑门一拍,那小孩就迷糊了,然后就乖乖跟着他走,走到没人的地方,小孩就被剜眼挖心,小孩的眼和心可以配成药卖钱。"这是我姥姥经常对我说的话,是不是很吓人?

我姥姥庄上有一个大水坑,雨季的时候水会漫到坑沿,那时候所有的人都会离坑远一点,因为一不小心就有一脚迈下去的感觉,迈下去了就再也上不来了,看来水还是凶猛可怕的。那个大坑就像一口巨大的锅一样,但大多数时间都是半锅水,这时全村男女老少都会到水边来,男人挑水,女人洗衣服。当村妇们三三两两拿着棒槌和搓板在水边捶打搓洗衣服的时候,我们这些小孩就会光着脚在水边蹚水玩,坑边杨柳轻拂,水里有青蛙和小蝌蚪,还有一群一群的小鱼苗,我们管那些小鱼叫麦穗儿。我最爱看的就是在水上行走如飞的一种叫迈江的小动物，四条细腿身手敏捷，水面对它就是一面晶莹剔透的玻璃地板，随它轻盈自在，来去自如，我一直都想抓一只，可永远都抓不到。就是这样一个好玩的地方，我姥姥说："坑里有替死鬼，这个替死鬼时刻都在找人顶替，然后它才能转世托生，所以小孩子没有大人陪着是不能到水边去的，会被鬼拉走。"听了这些话是不是很可怕？

小时候对拍花的和那水鬼比死亡更恐惧，细想想，还不是都一样，其实就是对死亡的恐惧。

人一出生就注定要死亡，所以生与死是密不可分的，人死了不一定还会再生，因为投胎转世之说谁也没有看到过，但人经历过死亡又被救回来了，死与生就有了关联，本来写的是死亡的故事，还是写上了生与死，人是不是生活在生死界？

我经历过唐山大地震的死亡，尸横遍野的死亡是麻木的。记得震后我跟我爸去找水，我们顺着南厂大墙根走，马路早已被厂墙倒塌覆盖成废墟，靠墙根有堆呈三角形的水泥管，是震前就有的。我爸拎一个水壶在前面走，我在后面一蹦一跳地在水泥管上行走，走着走着水泥管子的旁边有一领卷着的席子，我一纵身想从管子跳到席子上，就在我跳下的时候突觉有点不对劲，跳下的同时我顺势一跃落到了席子的旁边，席子里卷着的是一具尸体，席子的一头露出了死人的脚，没有恐惧，只是有点吃惊，之后是庆幸自己居然还算灵敏。走不多远遇到我爸的一位工友，那人表情萎靡，好像经过了重压再没有了星点的力气："死了，全死了。"没有恐惧，好像谁家不死几口才让人意外呢。

死神到底长得什么样？是一个面带微笑的黑衣男人？还是一个面目狰狞的红衣女人？

如果说那次我掉进猪圈没被猪啃成骨头，那是死神根本没想搭理我，这次我是实实在在坐在了死神的怀里了。

记得有一次我和一群小孩出去玩，回来的时候经过那个大坑，我们就一起顺着水边走，由于不是一个人，所以我早把大人的话抛到了耳后。走着走着就看到一块比较平整的地方，小孩们开始并排坐下，把脚伸到水里，我是最后坐下的，在她们的旁边有一块即平又稍高的地方，我刚坐下就顺水势滑溜下去，隔着两个小孩的表姐眼疾手快，噌地跳了起来一步就过来抓住了我，借着水的浮力好像没费劲就把我拽了上来。原来我坐的地方是生产队喂猪挑水的地方，下面是一眼井，我坐的地方是站着打水的台，所以比别处又高又平。没有惊心动魄的救人过程，也没有垂死之前的挣扎，只是有些沮丧，水没过了腰，战战兢兢地回家被大人臭骂一顿，就这么简单。死亡在几个小孩之间悄无声息地发生了一次，我也是在多年之后恍悟，大我一岁的表姐竟救过我一命，如果现在去问她，她恐怕一点也不记得。

救我的表姐就是开头那个说长大了要杀了我姥姥的小丫头，在她出嫁回门的时候还给了我姥姥十块钱，而我姥姥至死从未收到过亲生儿子一分钱。我姥姥的钱都是来自闺女和我这个外孙女，而且花不了多少钱的姥姥，还经常五十、一百地收买我妗子，那是我姥姥唯一的一次收到嫡亲儿孙辈的钱，念叨了很多次。

从小就崇拜妈妈的表姐，并不像她妈那样为人处世。她的婆婆年轻守寡，唯一的儿子娶了表姐之后，有一次闹了家庭纠纷，表姐竟给她婆婆跪下了。表姐生了一儿一女，这一双儿女非常争气，考的都是重点学校，现在表姐一家四口过着殷实的小日子。

上苍是公平的，而且并不厚此薄彼，虽然没让我生就一副伶牙俐齿，却塞了一支笔在我的手里，使我能将这鲜活的记忆一一记录下来。

感谢上苍，让我怀着感恩之心活着。

蛇

> 小小子　坐门墩
> 哭着喊着要媳妇
> 要媳妇做啥
> 点灯说话
> 做鞋做袜

　　我本来想写：小耗子上灯台，偷油喝下不来，吱吱哇哇叫奶奶，奶奶说……奶奶说什么来着？我记不得了，这些都是我小时候耳熟能详的歌谣。

　　门墩和灯台现在再也找不到了，虽然那时候已有了电灯。我还是记得我姥姥家的房子在里外屋之间的墙壁上，也就是坐在炕头随手够得着的地方，有一个长方形的洞口，用玻璃隔开，那就是灯台，有时停电了就点上煤油灯或点支蜡烛，放在灯台上，这样不仅里屋有了光亮，外屋也被照到了。

前几天在旧货市场，在一个角落里放着一个长方形石槽，我儿子问那是干什么用的？我一眼就认出是用来喂牲口的，而且我马上就想到了我姥姥生产队的那些大骡子大马悠闲地吃着草料的样子，怎么这也成了古董了，农村用什么喂牲口呢？现在的世界真是一天一个变化，还真有点跟不上趟的感觉。

我二姨回娘家是我最高兴的一件事。我二姨最会讲故事，什么神了鬼的一大堆，遇到解决不了的问题就是故事的主角半夜去拜北斗星，然后一切都会顺理成章地迎刃而解。我最爱听的就是那个穷小伙的故事，说的是一个穷小伙赶集卖柴，归来的时候将其全部所得买了一张画，画上是一个俊俏的村姑，回家贴在墙上，以后每当小伙出门的时候，画上的女子都会下来为小伙做出很多可口的饭菜……有很长一段时间我会沉浸在故事里，总好像这个穷小伙就住在我姥姥家的厢房。从厢房门口经过的时候稍有一点动静，我都会撒腿跑过去，我以为是那个村姑在做饭呢。

蛇的故事也是我二姨给我讲的。那时候当地人管蛇叫长虫，我二姨说长虫会迷人，如果见到谁打长虫，千万不能为长虫说话，如果谁说别打它，放了它吧，那这个人就会被迷上，长虫就这么怪，不迷打死它的人，迷为它说好话的人。让长虫迷了的人就会听从它的摆布，会吃很多的饭，总也吃不饱，听了这个故事我会好长时间不敢一个人玩。

更让我吃惊的是我姥姥家村子有一个叫阎文举的人，是个长得很壮实的中年人。他媳妇有点气迷心，也就是不算严重的精神病，他们有两个儿子，大儿子有十七八岁了，跟着爷爷、奶奶过日子，他媳妇每天带着四五岁的小儿子满街串，从来不做饭。阎文举是打井队的，突然有一天出事了，打井队打的井塌了，就阎文举一个人被压死在井里了。当人们把他挖出来的时候，说他浑身上下缠满了长虫，听打井队的人说他在出事之前曾打死过一条大长虫。这件事被村里传得邪乎，之后他媳妇成了大队的照顾对象，每天照样满条街串来串去，还经常傻乎乎地笑，比原来更神经了。他们的小儿子一丝不挂地挺着个溜圆的大肚子，跟在他妈的后面颠儿颠儿地跑。我从不敢靠前，远远地望着，心里想，不是打长虫的人不会遭到长虫的报复吗？看来大人的话并不可信。

第一次见到蛇之前，是不是看到过蛇，我不记得了，也许人类的本能就是如此吧，听别人说得多了，看见了自然而然就知道了。那是我刚上学不久，我姥姥家屋子里有个套间，里面也有炕，炕上铺着炕席，但平时不住人，炕上地下堆满了粮食杂物，我回家做作业，就一个人跑到里间的炕上写去了，没有桌子就把本子放在两腿之间又坐又趴地写。写着写着，我用眼睛的余光恍惚见到一条绳子在脚边，我突然觉得不对劲，绳子怎么会动呢，我抬眼细看，一条黄色的蛇正向我爬来，我惊叫一声："大长虫！"我姥姥手忙脚乱地拿着笤帚扭着一双小脚跑了进来，大人们咋咋呼呼把蛇扫走了，我这才想起来哇哇大哭。我姥姥把蛇处理完了，回来按住我的头在炕沿上数落："不怕，不怕，摸摸头发长得大。"乡里人管这叫"叫魂"，说小孩子害怕就会把魂吓掉了，这样就会叫回来，其实我当时清清楚楚，怎么会没魂呢。

小孩子特容易忘记不快乐，一会儿我就跑出去玩了，一群看热闹的小孩还没散呢，那条蛇已经被人们用门口的石碾子压扁了。我见到那蛇在碾子上完整地贴了一圈，蛇皮上的鳞甲金黄金黄地闪着光泽。我没有害怕，心里竟有些不忍。

那是我唯一的一次与蛇亲密接触，民间常说蛇是瘆人虫，长大后我看过蛇展，黑乎乎的没意思，看过电影《狂蟒之灾》，确实惊恐至极。而那条蛇只是在我没有心理准备的情况下给了我一个惊吓,那是我从小到大看到的唯一的黄颜色的蛇,以后从未见到过。我问过多人,为什么那条蛇是黄色的,有人告诉我吃粮食的蛇就是黄色的。

我曾在报刊上读过一些蛇的故事,遇到蛇还应该有所预示,虽然早已时过境迁,那条蛇在我的记忆里却是美丽的。

偷黄瓜

讲最后一个故事,也是最难以启齿的一件事。

小村里有一个和我同龄的男孩,叫国儿,但村里的大人孩子背后很少叫他的名字,都叫他假丫头。他不但穿花棉袄,扎小辫,而且从不跟男孩儿玩,专门跟女孩儿一块玩。他不光言行举止是个女孩儿的样子,就是说话的声音也是尖声尖气,由于他家离我姥姥家有半条街远,虽然早就知道他,却从来没和他在一起玩过。

上学了我们一来二去开始越来越熟悉,半年以后的暑假他开始找我玩,我也会跑到他家去玩。他家是南北通很长很长的大院，我姥姥家由于在街中心的大队部隔壁，后面是全村唯一的小卖部，所以我姥姥家比国儿家的院子差了一半，我姥姥家没有后门，但国儿家的院子不是独门独院，那儿住了好几户人家。

我和国儿经常从他家的前门一直走到后门，后门的大门口一边一棵大槐树，我们和一群小孩儿在树荫下做各种游戏。树上不时有蝉儿"吱了——吱了"地欢叫，仰头望去阳光与茂密的叶子相互拥挤，光线在枝叶间游弋，一阵微风袭来有丝丝凉意相伴，我时常玩得忘乎所以，吃饭的时候姥姥满街地喊我，喊不到回家就会挨我姥爷的骂。

国儿家的后院半面是菜园，菜园的尽头也是临街，我们玩的大树边有三间低矮的小房，房里住着一户人家，这家人个个脸上都长有雀斑，好像是家族病史，平时这家人又很少与人往来，村人都叫这家人为"鸟屎"。有一天国儿和我又到后院去玩，由于是晌午竟没找到伴，我俩没意思的往回走，国儿突然顺着正房边的寨子钻到"鸟屎"家的园子里去了，我站在外面不知他的用意，见他摘了两根黄瓜埋在了土里又钻了出来，然后拽着我鬼鬼祟祟地往前跑。来到前院回到他家，见他爸妈在家，他悄悄地拉着我到院子里说，明天再来找我玩。

我知道国儿偷了人家的黄瓜，回家竟没告诉姥姥，从小到大姥姥都告诉我不能偷东西。我和一群小伙伴出去捡花生，每次都是我捡得最少，刚刚盖过篮子底，我跟姥姥说谁谁捡的最多，是趁看青的不注意从没开圈的地里偷来的，姥姥会说让别人偷去吧，你不偷就行了，而且不管我捡多少，姥姥从不嫌少，如果这次我告诉姥姥也就没了后面的灾难了。

第二天我又找国儿玩去了，国儿一个人在家，他带着我跑到他家后院，又一次钻过寨子扒出一根黄瓜，趁他家没人我俩把黄瓜洗洗就分吃了。黄瓜被土埋得有些发蔫，吃起来感觉另有一番滋味，也许是用土埋过后去掉了刚摘下黄瓜的涩味，还是吃偷来的东西感觉有所不同呢？我说不清，反正就是挺奇妙。次日我鬼迷心窍的又找国儿去了，国儿不在，然后就鬼使神差地学国儿的样子，钻过寨子在土里扒另一根黄瓜，我怎么就找不着呢，明明记得国儿埋的就是这儿，也许"鸟屎"家早就注意到我们了，还是我钻进寨子的时候根本没看看这家有人，等找到黄瓜时我被"鸟屎"妈和她的孩子们抓了个正着。

"鸟屎"娘几个把我揪出了园子，拖到了大槐树下，她们对我拳打脚踢。我吓坏了，捂着脸大哭，旁边围了一圈看热闹的，早有认识我的小孩飞奔着找我姥姥去了。一会儿我姥姥和小姨来了,"鸟屎"妈理直气壮地说我偷她家黄瓜,我姥姥见有那么多人围着,真是又恨又气,上去就打了我,在这之前姥姥从未打过我,我记得那是姥姥第一次打我,而且是唯一的一次。我当时就想消失或让我周围的一切消失,当然这是不可能的,我好像一下子就失去了一切,唯一剩下的就是嗓门了,我尖声哭叫,引来更多看热闹的人,平时我三蹦两跳就回到家的那半条街竟让我感觉有总也走不完的漫长。我是怎么回的家,是被拎回来的还是被推回来搡回来这已不重要了,进了家门见到的是我妗子冷眼旁观的漠视。每次在我倒霉的时候,最需要大人的宽慰的时候见到的总是我妗子这样的表情,就好像掉在了井里又被砸下一块石头,空有余恨和无奈。

第二天我嗓子沙哑赖在炕上想永远也不起来了,姥姥早已后悔,轻声细语地问我话,我也断断续续地告诉姥姥,我是去扒国儿偷的黄瓜,那黄瓜不是我偷的。这时候住在国儿家隔壁的表姨也来告诉姥姥:村里的人都说"鸟屎"家不够意思,人家外甥女怎么说也是这庄的客,就是偷了你家的黄瓜也不应该打,何况还是个孩子。我姥姥正有一肚子的懊恼,就和我小姨两个站上窗台骑在窗棂上大骂"鸟屎"家。那是我第一次看见姥姥跟人打架也是唯一的一次,当时的我像只受了伤的小狗,蜷缩在土炕上舔着伤口,可是我并没有受伤,我知道那是心灵的创伤。

从那以后,"鸟屎"家的人去小卖部买东西总是灰溜溜地从我姥姥家门口经过,我姥姥也老死不曾与"鸟屎"家往来。

过了不久,我表妹和一个叫二占的男孩顺着厢房的那棵树下到隔壁的小秀家偷了西红柿,小秀妈过来笑嘻嘻跟我妗子说话,只是担心把孩子摔坏了,好像不是她家被偷倒是她偷了人家的一样不好意思,我妗子也只埋怨说:这孩子,家里啥都有,人家的好吃是怎么着。看来小村的民风还算纯朴,就我是个倒霉蛋。

是啊!我读过好友嘉佳小时候吃着偷来的果子愣头愣脑的可爱,也读过作家三毛小时候偷了五元钱坐卧不安的窘态,更读过张艺谋为了追求幸福偷了一个西瓜的勇气,只有我为了一个偷字付出的代价是如此惨痛,甚至有些悲壮。

古人云,不以恶小而为之,不以善小而不为。我一直认为我是一个幸运的人,在我懵懂的状态下就已明白,人活着就要做好事，做坏事就会付出代价，每个人都会为自己的行为买单。长大后，我尝到了做好事的甜头，做好事会为自己的人格加分，不管走到哪儿都会得到意想不到的关照，所以我做好事，不能做坏事，不是不敢而是不能。

记得和我家先生结婚之前，有一次赶火车，车票已停售，他不知从哪搞来两张站台票——先混上车再补票。我跟在他后面随人流拥入检票口，心想这是不符合手续的，这是不应该做的。上车的一刻我看到穿制服的乘警，竟心跳加快紧张到一把抓住他的手，我想他当时一定很奇怪：不会吧！多大点事？也许那是我们第一次牵手，也许在那一刻他对我动了怜惜之情，决定一生一世保护我，而我脸色煞白呼吸急促，像个做错了事随时准备接受惩罚的孩子被他领上了车。至今那次坐火车的经历仍是他时常用来嘲笑我的把柄。

尾 声

小村的故事讲完了，真是糗事一箩筐。我是刚刚过九进入十虚岁的时候离开了那个小村，算算八周岁多一点，八年的时间我姥姥把奄奄一息的我抱去,然后又全须全影毫发无损地交回,我在那个小村经历了生生死死、快乐和痛苦,在那儿我收获了童年,我却无以回报。

姥爷死后父亲每年入冬都把姥姥接来,入夏不管别人怎么说"这就是你的家,你别回去了",姥姥还是非坚持回去不可。在姥姥的心里只有那个小村才是她真正意义上的家,就这样每年进入十一月份有了暖气接来,过了五一我姥姥就开始嚷嚷回家,来来往往十六年,在第十七年的十一月份,也就是过几天准备去接她的时候,姥姥一夜睡过去了,享年九十三岁,十六个半年算算也是八个年头,好像冥冥之中一切皆有定数。

我妗子早已对我笑脸相迎了,在两万元可以盖三间房的年代,我妗子翻盖房子到处借钱也借不到,父亲不顾亲戚们的劝阻给了我妗子两千元,是给不是借,不用还了。

有时我也会恭恭敬敬地提着点心去看我妗子,可我心里清楚:不论怎样的旧貌换新颜,我是怕了她了。

父亲曾教育我,不以物喜,不以己悲,而我从他身上学到更多的是以德报怨,而不是以怨报德。

仿佛又一次回到了姥姥的小村。正午时分,阳光明媚,家家户户炊烟缭绕,村里的槐树挂满串串槐花,院里院外溢满芳香,我坐在灶台边"呼嗒——呼嗒"地拉着风箱,一只母鸡从柴棚出来,"咯哒——咯哒"地叫,我一跃而起奔了过去,我掏到了两只鸡蛋。

It's over！是啊,结束了,一切都成了历史,就让历史的镜头定格于此吧,让儿时的那首歌谣作为结束语。

拉张扯锯

姥家门口唱大戏

接闺女 叫女婿

外甥女也要去

姥家没好的吃

精米饭炖大鱼

咬一口好腥气

叽里咕噜回家去

叽里咕噜回家去

……

似水流年

  一年又一年，年匆匆地来又匆匆地走了，这年过得既期待又很无奈，些许的浮躁、失落，还有一丝淡淡的忧愁，就是没有快乐。

  年关临近，我的心就像将要开奔的跑马，开始刨蹄了，做什么事情都没有心思，不知自己身在何处，要去何方，就是想找个地方跑跑。去哪里？南方在闹雪灾，报上说海南的旅馆每天八百元的房间早已订空了，机票不打折，到处都是铆足劲准备出游的人。浮躁了一遭，我还是决定老老实实地在家待着，即省钱又不受罪。

  唐山有钱的人太多了，可跟往年比起来，那些争先恐后燃放烟花爆竹的场面却少了许多，是那些攀比暴富的心开始变得冷静了吗？不是，听说很多大款们都在海南买了房子，年头就已举家度假去了。小燕今年是个例外，买了四万元的礼花爆竹，用两辆双排座车拉回来，轰轰隆隆用电梯运上楼，啥时想起就用电梯运下来噼里啪啦放一通，花钱买热闹呗，其实那只不过是四天的收入而已。腊月二十几小燕突然兴致大发，后半夜一点兴师动众带人下楼开放，高楼上一盆凉水劈头泼下，两名警察出现了："有好几家居民打110，说你扰民，影响休息。"说着拿了两箱爆竹搬了就走，"全部没收。"小燕还不服气，说："又不是禁放，凭什么？穿警服了不起？"这年头的警察还真宽宏，管你说啥，两箱子搬走了也就了事。哪知道人家里还好多呢。财女就是出手不凡，可惜我没有四万块，就是有我也不买鞭炮放，因为就是白给我，我也不敢放，我没这个胆。

　　阿芳准备回武汉过年，我们这一干人等开始阻拦："没看电视吗，都大雪封门了，停水停电，没有暖气，别回了。"她是想不回了，电话那头她妈妈跟她急，没办法，美女一家三口回老家过年去了。我的健身计划泡汤，只好回家吃垃圾食品，看无聊电视喽。还好北京能来去自如，上午还窝在唐山的家里，晚上已经在长安街游车河了，望着这中国第一街灯火辉煌、火树银花的美景，却怎么也找不到当年国庆节在上海南京路上挤在人山人海里那份新奇的喜悦，反而多了几分失落。

慧慧给我留言："慧慧在新春的第一天思念你！"我的心开始在某个角落里嘤嘤地哭泣：回不去了，两只花蝴蝶的日子回不去了。还有我们同室的沙光，那个来自大庆写诗的女孩儿，不管她的名字再火，我和慧慧都喜欢叫她的本名雅楠，雅楠总是让我出乎意料，一个漂亮的心形工艺品项链，没戴几天突然就送给了我，一件丝巾披肩我刚夸一句好看，她哗一下子披在我的肩上："送你了。"我措手不及道："不要，不可以。"无论如何就是无法拒绝东北女孩儿的热情，分手后雅楠留在北京发展，而且做得很不错。有一年我找到了她，她请我吃羊蝎子，她一块块地挟在我的碗里，还是改不了东北人的豪爽。怎么就联系不上了？雅楠你在哪儿呢？慧慧前几天还在电话里说想念你呢。我知道，回不去了，一切都不能回到从前，愁绪像余光中写的那首《乡愁》，萦绕着怎么都散不开。

小红发来了短信："思念是把锁，透过寂寞看花开花落。"一定是她读了我写的那首《思念》，用这种方式给我一个评论。这个有财又有才的双"才女"一直无法让我理解，为什么偏要固执地成为一个丁克家庭，两口子把家营造成了童话王国，一个王子，一个公主，可就是不想当国王和王后？不成，我要打个电话骚扰一下，看看公主现在干吗呢？电话那头是小红迫不及待的话语："嗨，这几天我正读你的文章呢，你说我这一年忙到头，哪有心情读书看报，还别说，看了你的文章真就静下来了，往事好像就在昨天，打开窗户一切就历历在目了，触手可及，可就是有一种回不去的感觉。好好写吧！在一个无人打扰的后花园，把你的红裙子、粉裙子、蓝裙子、葱心绿，还有五颜六色的花裙子都一件件地展示出来……"才女说话就是与众不同，难得让我有开心一笑的机会，到底谁羡慕谁呀！

　　冰雪消融，春回大地，春心开始荡漾了，白昼晃得人眩晕，僵了一冬了谁不想复苏呢？不行！我要找个盛开的玫瑰谷，没有玫瑰谷有一片淡紫色的薰衣草坡地也成，要不然找一个有山有水能唱山歌的山寨也可以呀，就是想吼两嗓子嘛！

　　都快一个月了，我好像一直在跟一个叫年的人打架，我不让他来，他来了，我不让他走，他又走了……

行　板

今天是星期一，可对我来说，好像刚刚结束的不是一个普通的双休日，仿佛是一次不愿想起的记忆，很久远、很久远……

已经有三四个月不读也不写了，缘由很简单，给我妈装修房子，谁都知道这是一件很辛苦的差事，这也不算问题，关键是找不对人是件最麻烦的事。

我先生的老家有一个表弟，不是很近的亲戚，在唐山一直做装修，来唐山已经十年了也没有什么来往，我压根就没听谁提起过，近日他给我公公打电话，让帮找点活干，于是我们家老爷子就发动我们了。正巧我这儿要装修，顺便照顾一下他的生意，没想到这位比我还大一岁的表弟做人却真是很失败，竟辜负我对他一片信任，争着为我去买材料，只让他买了些电线、

作者照片

开关之类的小东西，就开销了我四千多，虚开发票近两千，有点太离谱，电线就写了六盘，每盘一百六十元，一套小户型的房子两盘线就够了，这屋子岂不成了蜘蛛网，活干得也是一塌糊涂，处处不甚满意，都是他从外面找来的零工，为了工钱在我面前还起了争执，看着他在那搪塞遮掩，自圆其说，真是让人怒其不争。结账的时候他开出工时单子六千八百元，我给了他七千元，我能感觉到他的感激，可我却为他感到悲哀，我知道表面上他得了实惠，实际上他是吃了大亏了，因为他从此不会从我们家再找到活干了，我们不能也不敢给他介绍活了。

不久我就得了一笔三千元的意外收入，堤内损失堤外补，而且由此小事明白了一个大道理，以后做事不会认人为亲，想找人做事首先要考查一下资质，了解一下为人。我是不是有点阿Q？不过我还真有点后悔没慷慨陈词地给他讲讲：做事先做人，干一行就应努力做到最好，以发展的眼光看问题。十年的时间也应有车有房了，可还是租住市边廉价的小屋，不是做人有问题就是观念错误了。我还应该推荐一本书给他《穷爸爸富爸爸》，告诉他已经陷入了老鼠赛跑的游戏了，呵呵！我真是阿Q了。

我的装修还没结束，汶川发生了地震，这也是文章开头很沉闷的原因，经历过唐山大地震的人开始都会像我的想法一样，不论哪儿发生了地震，跟唐山比起来都是不是地震的地震，还有比唐山更惨重的地震吗？刚开始的时候我听到周围的人在这样议论，随着媒体的报道，人们开始震惊，我想世界也开始震惊了，打开电视，翻开报纸，看到那些惨状，我欲哭无泪，这不只是汶川，也是当年的唐山，我早已深藏的痛苦闸门一下被打开了。记得有同学曾对我说："怎么不写写唐山地震，你亲身经历过一定很真实。"我当时只是一笑置之，我知道那种记忆我永远也不愿回忆。我曾写过一篇《寻找小峰》关于地震的经历，我是抱以冷静的旁观者的态度在写，那只是回忆，我知道我一直在固守着、尘封着那段痛苦，我以为我早已忘记了。好了，这下子又历历在目地重现了，我不知道唐山是不是有人因汶川的地震而得了抑郁症，我却真的有些抑郁了，那些被砸在废墟瓦砾里的每一个人都有我的影子，孤独无助。我开始逃避现实，所有关于地震的报道我都在回避，我没有看过一篇完整的报道，我想我先生无法理解我总是在说"换台，别看了，太惨了"，因为他没亲身经历过地震，也许他比我坚强。我是不是一个很懦弱的人？那段时间我总是想尽办法转移思想，找一些影碟来看，独自一人的时候就想象是在一个清静的池塘，池塘里有绿水，水的下面是米色的泥沙，而我就静静地躺在泥沙的下面，什么感觉都没有，把装修和地震这些不愉快的事都想象成了上辈子的事，写博客就更是上上辈子的事了，忘掉一切，那种感觉真的很舒服。

三五个月的时间不算长，三五个月的世界却是变化无常啊！如果不是这些同学朋友们不时地来看我给我留言，给我打电话，也许我从此就这样沉寂下去了，我能感觉到他（她）们的关切。嘉佳时常有电话来，哪怕是两句话，我都有一种要哭的感觉，应该是我经常给她打电话才是，一个独身的女孩子是不是比我更需要时常被关心？我真的很感动，总有一种亏欠的感觉。

　　找到阿婷让我很开心，这么多年不见，她几乎没多少变化，看到她的照片一下子就让我想起那个会做梅菜扣肉的女孩儿，不很爱笑，却很调皮，会唱越剧，虽然我这个北方人听不懂几句唱词，从她的婉转唱腔中总是浮想联翩。每当我听到越剧《红楼梦》里那句经典唱词"天上掉下个林妹妹"，就会想到是阿婷在唱，她应该是一袭白衫，女扮男装，整个一天上掉下个宝弟弟来。

　　好了，我回来了！向诸位问好！

东边日出西边雨

小时候的夏天,记忆中的雨水比现在要多得多,乡村的雨与城市的雨也大有不同。

乡村的雨下得洒脱,总有一种野马奔腾的随心所欲,不论雨下得多大,雨水都会相拥着、急不可待地流入门外,再顺街涌入村头的大坑。每次下雨我姥姥都会先跑到院子里,抄起酱帽冷盖在每一个咸菜缸、酱缸上。我说的酱帽冷就是专门为每一个大缸用苇草编织的盖子,形状相似于南方的斗笠,现在可是再也找不到了。然后我会站在堂屋的门口,看着院子里的一只只被雨水淋湿的鸡躲在屋檐下、草棚里避雨,老远有三两个行人从大门口闪过去,见有戴草帽的就会大声叫喊起来:下雨了,冒泡了,王八顶着草帽了。说完就自顾不暇地哈哈傻笑一通。

跟乡村的雨比起来，城市的雨下得就有点拘谨了，甚至有些无所适从，院子就像个接雨的方盒子，由于房子间距小的原因，总感觉雨下得小家子气，雨稍大一点，水就流不出去了，滞在院子里磨磨蹭蹭。有时还会漫过门槛，那时全家人就会手忙脚乱，找盆的找盆，舀水的舀水。最好玩的时候就是等雨停了，几个小伙伴跑到街上蹚水，街上的行人也开始忙碌着蹭着墙根往家赶，我们这些小孩无所顾忌地顺着街道在水里穿行，走着走着也有探不着底的时候，呼啦一下陷入水中，水一下子就没过了腰，那时才感到受了惊吓。有时凉鞋被冲跑了，回到家里会被我妈呵斥，可下次还会偷偷跑出去，小孩子就是记吃不记打。

长大后，我对雨早已失去了儿时的热情，却是在上海初次经历的梅雨让我有了一份惊喜和惊奇，当时我真的难以相信，这也算是雨？一点不觉得湿，就是润润的，纤细得无法触摸，柔美，灵动，还有点缠绵，上天好会造物，目瞪口呆的我真怕一个不小心就赶跑了心中的丝丝甜润。

又是一个双休日，天空阴沉沉地，我老公说："这样的天气也没什么好玩的，咱们一家开车去大城山公园转转。"谁知刚进公园雨就开始哗哗地下了起来，而且来势汹汹。当我们来到公园中心的树林，车子在弯路缓行时，天空已被雨水覆盖，道路两旁的树木高耸林立，枝繁叶茂，薄薄的雨雾氤氲而生。目之所及被绿野和雨线笼罩，恍若进了热带雨林，好大的气势啊！走出雨林，雨又开始变小，经过一条小河沟，儿子非要下车看河水，我说被雨淋了身体会进湿气，我可不下去。没一会儿这爷俩就噼里啪啦、嘻嘻哈哈地跑了回来，浑身浇得精透：赶快回家换衣服。出了公园过了一个十字路口竟雨过天晴，回头一看，哪儿呀！对面雨依然下个不停，嘿！隔着马路下雨。

　　遥望雨景，突然想起前几天一漂亮的闺密给她老公打电话，打了N次不接，过了一会儿她老公回过来，她说："晚了我被人强奸了。"问："不是我？"她说："当然不是你，我打电话喊你等救命，你不接……"我在旁边听了觉得逗乐，我想如果是我这样打电话我老公肯定以为我疯了，我是不是也应该向她学学呢？让心中静静下个不停的雨也停下来，偶尔也幽默一把、浪漫一次，这样可以吗？试试？我还真后悔刚才没下车淋个透湿，看来人和人的性格迥异得如同这天气，东边日出西边雨。

丰润有条还乡河

丰润原属唐山的一个县,现在已被改成丰润区了。它地处唐山市的正北,在它的北面耸立着燕山,还乡河从城边奔流而过,所以介绍它都先要说:丰润坐落在燕山脚下,还乡河畔。然后再介绍它如何地肥水美,物产富饶。我姥姥家就在丰润,我从小在那儿长大,我对它是再熟悉不过了,

前几天看《北京晚报》里的《作家读城》栏目,写唐山的是河北省作协主席关仁山,人物介绍中提到他是丰润人,使我一下子想起丰润还是出作家的地方呢。比如张爱玲祖籍丰润,比如曹雪芹,丰润有一条街道就叫曹雪芹大街,丰润还有曹雪芹酒。丰润到底有多少知名作家我没有细查过,倒是有一位作家让我永远能记住,他就是《小英雄雨来》的作者管桦,就因

为一本《小英雄雨来》勾起了我儿时的记忆，让我有了这篇对还乡河的回忆。

记得上小学二年级的时候，新华书店到我们学校搞销售，摆了整整一间教室的书，我看上了一本《小英雄雨来》，定价是三毛钱，回家跟我妈要，我妈说太贵了，不给买，我又找我奶奶去要，我奶奶也不给买，当时我软磨硬泡眼泪几乎掉下来，最后是我小叔给了我三毛钱，我飞奔回学校买了回来。

至今我仍记得那本书是我独自一人关上门在屋里一口气读完，然后陷入遐想。那个飘满芦花的小村庄和那条让书中的小主人公大显身手充满神秘的还乡河，它无论如何也没有让我与从小就曾经玩耍过的那条河联想到一起。我姥姥家在市区与城关的中间地带，两边各距三十里，说起来我不是在还乡河边长大，可我姨姥姥家就在河边住，打开她家后门正对河边，由于两家走动频繁，所以每年我都有几次机会在河边玩耍。

还乡河在我的印象中是一条可亲近的河，有时河水涨满，只好从桥上绕过，就会看到河水清澈地流淌。有时干旱或者是冬天，河道就成了一条大土沟，不用绕路，直接就从河中上上下下地穿过了。那时候我会来到姨姥姥家的后园子打开后门，跑到河里去玩，河底是厚厚的一层细沙，非常柔软，我会在河床上跑来跑去，可我并没有问过大人它叫什么河，在我不谙世事的童年它给我带来了快乐。

震后，我爸爸的工厂搬到了丰润城关东面，我的家也搬到了新区，也就是现在的丰润区，区中心建了还乡河公园，公园里非常开阔，一进门就是横穿而过的还乡河。对岸是一望无际的树林，走过一座大桥是一条笔直宽广望不到尽头的大道，我和家人有时也在里面走走，树木林立幽静，园中深处还有数座坟茔，没人陪着一个人还真不敢往里走呢，确实是年轻人谈恋爱的好去处。园子的西面矗立着小英雄雨来的金属雕像，一个顽皮可爱的形象，园子的西北角还有两家餐馆，取名"大火炕"和"庄户人家"，而且生意红火。每当节假日公园里游人大增，小商小贩也都赶来，到了晚上仍是灯火辉煌，真是好不热闹啊。而还乡河依然保持它的本色，清澈明朗，不卑不亢。有一年的夏天，天气闷热，人们不自觉地聚到公园的河里，大人小孩，男男女女，把还乡河当成了游泳池了。那次我也融入其中，当时的还乡河真像一个小北戴河了，那也是我记忆中还乡河最热闹的一次，如今的还乡河又有怎样的变化？很久没去过了……

我曾经在青龙河旁居住，它从我居住的小区蜿蜒而过。小区有白色的雕栏，两旁是草坪和树林。可人们从不走到河边，因为河里流着的是充满异味的工厂里的废水。我也曾经每天从苏州河的一个小桥上走过，因为它在复旦南区的后门，这是我每天上课的必经之路，可那河里是沤臭了的黑色淤泥，所以我说还乡河是一条可亲近的河，是我想念的一条河！

西安之旅

好久不出行,早已习惯于安稳的宅女生活了,去西安是提前计划好的,因为我怕临阵退缩,所以早半月前就订了机票。飞机在中午十二点平安到达,当我的耳鼓还没有从飞机的升降起落中适应过来时,一家三口已走出机场出口。接机的是我老公的一位朋友,坐在舒适的轿车里一路欣赏着道路两旁的风光美景,真是心存感激啊!短短两个小时我已身在千里之外,而我期待着的西安古城也越来越近了。

朋友把我们安排到离火车站很近的科逸宾馆,旁边的一条大路直通大雁塔,我真庆幸有友人帮忙,不然还真是找不到这么位置优越的住处了,我就见到好几拨的客人被前台打发走了,客房早已爆满。安顿好之后我们婉拒了朋友的相陪,稍作休息我们打车去了大雁塔，观赏完陈年古刹已是下午五点，正是当地的出租车交接班时间，司机只能按自己的路线走，不是顺路怎么也打不到车。我站在路口拦车，一辆大巴驶过，隔窗见车上有两个人正在打架，被打者抱头躲避，打人者不依不饶，我愕然，巴士渐远……我还是打不到车，我老公确实机灵，见一辆出租来了马上上车，告诉司机去钟鼓楼方向，要求司机把我们放在一个就近一点比较容易打到车的地方就可以了，关键时刻还是他比我会变通。我发现西安人很热情，每一个出租车司机都会回答你提出的任何问题，而且会把西安的景区不厌其烦地介绍一番，语言也无障碍，所以我们又预定了第二天的用车。司机将我们放在一个路口，告诉了我们行进的方向急匆匆地赶着交车去了。站在路边还是拦不到车，这时看到一辆电动三轮开来，反正路也不远了，抢先一步上了三轮，眼看越来越近了，开三轮的老头还真不一般，为了抄近路竟逆行着在马路上穿梭起来。看着一辆辆大小车辆从旁边擦过，我惊得目瞪口呆："您慢点，我害怕！"老头说："你不要怕，我在前面呢，这路我熟。"转眼到了，我不禁问老头一句："您多大岁数？"他回答："七十二岁了。"我再次愕然，怎么猜以为也不会超过六十岁，真是精神矍铄,好了!二十块不找了,第一天进西安也算沾点仙气。玩过钟、鼓两楼,吃一碗羊肉泡馍,天已向晚,打车来到古城墙,站在上面见城内灯火辉煌,城下小巷曲折,市区民风一览无余,好不热闹。听当地人介绍说由于北京的古城墙被拆除了,而西安的古城墙是目前遗留下来最完整的,所以也是保存最好的。我们坐上观光车在城墙上游历,墙上角楼霓虹高照,仿佛看到了古时的将军带领士兵正在坚守城墙,回到宾馆还有些如在梦中恍若隔世之感。

　　三百元包一辆出租,虽然不如朋友的高级轿车舒服,可自由行动总比给人添麻烦好。第二天早上出租司机早早来接我们,去看这次来最主要的目的地——兵马俑,等朋友打电话的时候我们已是在路上了。兵马俑是世界第八大奇迹,许多外国人来中国也是必看的,怪不得来时机上有一半是老外呢。一路上司机介绍西安是十三朝古都,去兵马俑途中要经过秦始皇陵和地宫,还有杨贵妃住过的骊山和皇帝赐浴的贵妃池,以及西安事变的张学良官邸。他问我们是先看完这些再奔目的地,还是直奔兵马俑回来再赏这些景观。因为当地人有先拜皇帝后见兵之说,我老公急不可待地决定直奔兵马俑。一进入景区我们感觉到一种浑然天成的大气，园林的底蕴和气度自有一番与众不同，而我们走进的是蕴含着一个悠悠的千古故事，进入一号坑放眼望去，那兵俑之阵气势恢宏栩栩如生，真想跳下去亲手摸一摸每一个兵每一匹马，当然那是不允许的。出来的时候我老公说："最不枉此行的就是观兵马俑，它会让人平添几分霸气。"我认为他选择先行于此也算明智，因为等我们出来的时候那些先观皇帝的中外游客已开始大批拥入了。回来一路品尝着当地小吃，用柿子和面鲜炸的柿饼，焦黄诱人，皇陵山上的石榴也是格外甜美水灵，饱览山川秀色，尽兴而归！

第三日我老公提出去华山和少林寺，我说，我累了，我要休息。恰巧朋友打电话为我们订到了晚上八点多的卧铺票，所以我主张打道回府。休息半日，下午逛逛西安的繁华闹市以及开源和百盛，在喷泉广场随着音乐起伏、声势浩荡的喷泉翩翩起舞，我和儿子站在水间大声尖叫。我儿子说："如果不是怕回去换衣服，一定在水里跑一圈，真不愧是亚洲第一喷泉广场。"行程就要结束了，我也不忘欣赏一下西安大街上的女孩儿，就像到了谁家总要观察一下这家的女主人一样。虽然未到晚秋，那些女孩早已穿上了各色的靴子，她们身着短裙和超短的靴裤，露出一小截光洁的美腿，在微风里给秋日的古城带来一抹时尚。西安的女子大多身高中等，身材匀称，她们皮肤白皙，容貌清秀，虽然不是艳丽逼人，却也别有一番韵味，是我欣赏的那种类型，像西安的古城，从心底透出一种无法遮挡的古色古香。西安是我喜欢的城市，给我的印象是那种非常好融入的城市。

　　走马观花的劳顿，可能让我有些不适，就像这篇文章浮躁得我都不想发表出来。

幸福像花儿一样

岁月，像初冬南湖的风景，阳光温煦，曲折弯转的木桥几乎与水面齐平，走在桥面有如走在水中。虽然是冬季，湖水还未结冰、依然清澈，水里竟有小鱼游戏，那些芦苇和荷叶虽早已苍色，却成了一道不变的静物，与景色不争不抢，恰有一份安宁。置身这景物之中，看波光潋滟，如果再有一曲笛音悠扬，真是优美，优美得让我有些伤感……

时光像永不停歇的车轮飞奔，新的一年即将来临，悉数盘点，过去的一年就这样平平淡淡，装修遇到点不愉快，我只是稍稍宽容了一点点，一切就化解于无形之中了。夫妻吵架本是再平常不过的事情，竟然没得吵，有时我还故意练练伶牙俐齿，叽里哇啦累得不行，没想到他不怒还冲你笑，而且笑得很灿烂，哈！不战自胜，胜得让我有点眩晕……

拥有一帮美丽达人的闺友，时不常会让我有小小的惊喜，我也称之为拼卡一族，经常会互相传换着手中的各种购物卡、优惠卡，一年下来还真是省了不少钱。岁末将至，我又办了一张电影院的会员卡，六折的票价，那些贺岁大片《叶问》《非诚勿扰》《梅兰芳》《大搜查》一个都没错过。现在的影院装修豪华，看电影的人却寥寥无几，就像进了私人放映室，享受！我觉得比去娱乐场所 K 歌好得多，当然这只是我的一家之言……

股市最有话题，记得一次朋友吃饭，还听他们念短信，什么地球进去乒乓球出来等等一大堆笑言。我是从未接触过股市，总认为买股票就像赌博，一日从大连来了一位朋友，说正在炒基金，投入八十万元，每天都在上涨，没几天就赚了一万六。我细问规则，也想小试，我老公说要入就入股市，而且要用闲着的时间和闲着的钱抱着玩的心态，我也不知所以就办了股票开户手续。一切手续齐备，我可没有闲钱，账户里只打入了一万元，赔赚就是它了，就这样买来买去，不出月余竟小赚两千多……

股票赚钱还没来得及高兴，儿子跟我要 Apple Touch，需三千元左右，我不知为何物。儿子向我游说，加一配件就可以看股票还可以写博客，原来是一个高级的 MP4，周日到苹果专卖店去问，店员说这是新产品，官网正在宣传，近期来货。等待期间儿子的数学老师来电话，说儿子不好好完成作业，如果他认真用功，应该是最好的学生。晚上回家我突击检查，果不其然，前面的选择题随便写一个，后面的也是能对付就对付，儿子还有理：这些知识在学校都听懂会做了，上一天学已经够累了，回家还留这么多作业，烦不烦？怪不得这孩子的成绩总是中等偏上，长足不前，这是态度问题，学了知识不加强巩固不行，我也告诉他，Keep touch on it（保持你的接触吧！），什么时候他的表现令我满意了再 touch（接触）吧……

　　日子在一天天地斗转星移，好在我这人没有大的志向，也没有大的追求，2008 年对于我来说是幸福的一年，但也有个小小的遗憾，就是一直想为嘉佳物色一个男朋友。上半年，我老公的一位朋友，夫人在车祸中丧生，他是一位国企的副总，人品不错，就是年龄大了点，差不多有六十岁了，就在我犹犹豫豫的时候，没出三个月，就有人为他介绍了一位财会部门的女科长，两个月以后俩人就同居了。下半年，陪我老公参加一个聚会，遇到一位画家，聊天时听说他的妻子在半年前病故了，至今未娶，不免细打听，各方面条件不错，年龄五十四岁，算算比嘉佳还要大八岁，不知她会不会同意，给嘉佳打电话商讨。嘉佳说，如果他愿意来南方定居，就可以先通过网络谈谈，获得嘉佳的认可。于是就催我老公赶紧办这件事，可还是晚一步，不久前刚刚有人为他介绍了一位税务局的女干部，嘀！没想到老男人还如此抢手，明年我还要盯紧那些单身的成功男士，直到才子佳人的故事有了着落为止。

夕阳西下时我喜欢在南湖边看日落，那轮久醉了的红色是那样的婉约而宁静致远，总是让我想到许多浪漫的事，比如节日的喜庆团圆、一次烛光晚宴、一条红色的围巾、一枝盛开的牡丹……

幸福像花儿一样，而我选择的那朵花是远离喧闹，在洁净的一角静静地开，然后又悄悄地凋零……

幸福是蓝色的

现代女孩子有一个流行词叫轻熟女,说的是那些时尚女子个个看上去都像十八二十几,而实际年龄却已到三十岁了。我的这张照片确是典型的"熟轻女",年龄十八拍出来的样子看上去却像三十。

文字能让生活中的点滴小事放大,文字也能让不是初恋的初恋变成初恋。记得那是高中快毕业时,男女生开始互相说话,而那个之前转学过来像个傻子一样整天直勾勾盯着我的男生,也顺其自然地由沉默寡言变得活跃异常。后来得知,转来的那位在原来的学校曾交过一名女友,因为他随父转业到此,两个人才硬生生被拆散,之所以盯着我是因为我长得太像他的那个女朋友了。毕业临近,同学们好像一下子明白彼此就要天各一方,于是互相开始有了不愿分开的留恋。有人开始悄悄递纸条,有的已成了半公开的男女朋友,有好心姐妹竟效仿,替我写了一张纸条给他,从此他说话对我总有些愧疚的样子,而我对他的态度却变得尖酸刻薄。后来得知他将此事如实向家人汇报,遭到家人阻止,原因是不门当户对,他父亲是转业到地方的某局局长。他是交过女朋友的,对这样的事是有免疫力的人,而我却十足的天真,一切都不是我想象的那样:怎么会如此?我应该是被捧在手心的公主,应该是我把别人随手丢弃才对,一切好像变反了,是我被人家甩。我真的很冤枉,天知道根本就不是我主动,我开始莫名地委屈,看到他就想哭。如果说这也算初恋,根本就没有开始,也无所谓结束,只是他上了一堂课给我,让我也有了免疫力,从此对一切都变得理智,如果这件事对我那时是个伤害,那么我不知曾伤害过多少无辜。

　　十八岁的年龄真的很青涩。记得在某个夏日的清晨,我和两位远房亲戚坐公共汽车出行,当时我穿了一件白色的长裤,红色有小圆点的上衣,那身衣服真的很鲜亮、水灵,站在拥挤的车上很显眼。一个小无赖开始有意无意地靠近我,他对我的指责根本不予理睬,忍无可忍我一拳挥到他的脸上,随行的四

十八岁留念

哥和我一起打了那个小无赖,和我们一起的那个废物点心(反正他不会看到我写的这些)却不敢出手。小无赖中途下车,从路边抄起一块石头砸碎了汽车前面的一块玻璃,跟着无赖一起的那个人飞奔着叫人去了。无赖站在车前,车是开不走了,一会儿有一群壮汉跑了过来,车上有人把四哥拉到后面,有一个人把里面的位子让给了他,四哥脱下了紫色的衬衫,那个无赖上车找了一圈,竟没认出四哥。我冷冷地看着他说:"人早就跳窗跑了。"小无赖下车说人跑了,还有一个女的在车上,我站在对着车门的前栏杆处,那些人就在我的对面冲车里嚷嚷:"让那女的下来。"他们以为那个女的一定是个满脸横肉的泼妇,而我竟出奇冷静地站在他们这些人的面前看着呢——如果谁敢上来拽我,我咬也要咬他两口。小无赖不知为何并没有指认我,上车一圈也没打我,跟随我们的废物点心一句话也不敢说,车上有正义之人下车从中周旋,赔了小无赖十元钱才得以脱身。

我爸爸不是国王,我也不是公主,我没被打得骨断筋折真是万幸。

十八岁的年龄愤世嫉俗,十八岁的我莽撞无知,这些点滴事情是这张老照片给我的回忆。如今的我真的知过了,一切都是我的错，我已经深深地忏悔了。

近日我尝试给心灵放假，一周不出门，松松散散，慵慵懒懒，心无所想，心无所求。看喜欢看的书，眯着眼睛享受午后的阳光，吃喜欢吃的美食，然后我就有了一种躺在椰子树下，眼前是蔚蓝色的海、蔚蓝色的天空，一切都是蔚蓝色的感觉。如果有人问我幸福的女人到底有多幸福，我会毫不犹豫地说："幸福就是把你周围的一切都幻化成蓝色，然后你怡然自得地在里面徜徉……徜徉……"因为幸福是蓝色的，我喜欢。

愿我的生活永远这样，平平安安，平平静静，平平淡淡。

我修炼　我快乐

曾经看过张艺谋的《金陵十三钗》专访，十三个女孩为了演好秦淮河女人，要提前两个月开始接受训练，从走路的姿态、怎样扭腰、摆胯、直到端茶的手姿，把那些女孩子们累得腿肿脚肿，却也成就了一部好的电影：十三个女孩的婀娜身姿，宛如一次饕餮盛宴，让观众甘愿掏钱争相走进影院。这让我想到了我相识的一个女子俱乐部的女人们。

这是一个国际连锁的女子俱乐部，这里的健身操是专门针对女性设计的，这是我早在北京居住时就知道的。这里的健身操是集世界舞蹈经典动作于大成，姿态的练习、步态的练习以及针对身体各个部位肌肉的训练。这里没有压力，也没有动力，有的是悟性，是感悟生命的过程，时间久了自然而然会有所获益。

来这里的女人个个堪称"白骨精"——有来自企业的高级白领，有来自事业单位的骨干，也有拥有自己公司的女精英。北京电影学院毕业的雪儿、高校在读准备去英国的露露、医院工作的雪梅、银行上班的艳梅、生意场上精明的有新、冬梅、雪菲、绛儿……来这儿的女人不含任何功利心，从不打听别人的隐私，她们像奢侈品一样低调奢华，换上五颜六色的健身服，忘掉生活中大女人的角色，回归到小女人的本色中来。教练阿芳是大家的开心果，前几日阿芳在QQ上说："我生气的时候手会发抖。"雪梅留言调侃："没事，我生气时还抽呢。"阿芳夸张的话语让大家哈哈大笑。这里的女人从不谈论家长里短，有的也只是无伤大雅的笑话，没有黄段子，很少谈论男人，偶有谈论的也是理想化的与现实生活不着边儿的男人。俗语说，女为悦己者容，这个悦己者应该指的就是男人了。由于没了悦己者，也就没了浓浓的脂粉香，所以说这里是女人洗尽铅华不施粉黛小憩的地方。这里有供女人保养的各种方式，美容、开背、泡浴、汗蒸……轻松过、娱乐过、休闲过的女人洗过澡，对着镜子吹干头发，小做保养，浑身散发着护肤护发素的植物清香，由内而外地透着一种清新自然美。如果让我写写这些女人们，也许会写出一部女人系列作品。

　　第一次认识阿芳是十二年前的事了。那是在俱乐部的前台，我是来咨询的，一位身穿纱裙的女子从我身旁走过，拾级而上，然后手扶栏杆，居高对我莞尔一笑，嗲嗲的一句南方腔："你好！"身材如寒梅傲雪，声音如梨花瑟瑟。转身离去后前台小姐告诉我："这是我们这儿的专职教练，南方人，从小就是练舞蹈的。"我与阿芳的友谊就这样慢慢开始。

　　我是个慢热的人，自认为很沉闷、无趣，经常会被莫名的忧伤萦绕。

　　如果能让你摒弃尘世的喧嚣，在一个静谧的世界里忘掉纷扰，哪怕是短短的几分几秒也会让人身心愉悦，倾听着美妙的音乐，抻拉着身体每一处筋骨，身心放松，如沐春风。有时我会想象着在丛林里吸收着清新的空气，鸟语花香，阳光洒在高高的树隙间，有时我又仿佛躺在蔚蓝的海洋之上。那一刻，健身操之前的瑜伽让我有一种对凡尘的逃离。

　　一位女性名人说过："一个优秀的女性内在和外在都特别优雅，有一种淡然，这种优雅和淡然下面一定是一颗不断去学习、不断去接受新鲜事物的心；不断去跟人交流、不断去认识自己，修整自己的一种状态。"古人云，"不以恶小而为之，不以善小而不为。"做人做事是这个道理，而养生健身又何尝不是？再小的恶习也应戒掉，再小而有益的生活习惯也应坚持。生活本身就是一个修炼的过程，持之以恒必有所获，所以我说：我修炼，我快乐。

想不想做个优雅淡然、顾盼生辉的女人？你不妨到这儿来……

今天是情人节

今天是星期六,是双休日的第一天,也是我儿子开学后的第一个休息日,一大早老公的朋友就来电话,约他中午在凤凰园烤鸭店吃饭,说是已约好其他朋友,有要事相商,这一下打破了我家双休日不见客的规矩。

凤凰园烤鸭店是新开的一家店,店老板在唐山早已做成了餐饮业的龙头老大,拥有饺子宴、家常菜、火锅城等好几家分店,不论餐饮业竞争得多么厉害,凤凰园确是开一家火一家,开到哪儿火到哪儿。这新开的烤鸭店生意好过全聚德,里面的装修高档,服务周到,所有的软硬件设施以及食物的口味都堪称一流,我老公已是吃过几次,我和儿子却还没去过呢,于是我和儿子决定中午也去品尝烤鸭,但要在楼下单独找一散座。跟一群大男人吃饭我会感觉很拘谨，这也是我的习惯，有女客则例外，人家一群男人聊天，有孩子、老婆不方便，我和儿子也觉得不随便。可是到了烤鸭店，早已人满为患，门口接待的侍应生说可以领一张号码等，我问前面有几位在等，他查了一下说有8位，我老公说要不然就一起楼上雅间吃吧，我和儿子都不愿意，我决定带我儿子找地儿吃好的去。

　　我开车带儿子去了远洋城，那儿有肯德基、麦当劳、必胜客，楼上二层还有小吃城，三层还有一个非常讲究的淮扬村。进了一层大厅，正对门口有一个用鲜花拼成的"2·14情人节"的图案，儿子说："今天是情人节。"我不以为然地说："这是商家在提前做宣传呢，还不是为了促销找借口。"再往前走，有一个卖鲜花的摊位像刚刚被打过劫，包装纸屑零枝碎叶散落一地，挺大一片鲜花已被抢购得剩了一小角，转过弯各种小礼品的柜台一个接一个，品种琳琅满目，购者踊跃。我拿出手机看了一下日期，今儿还真是情人节！老远就见必胜客门口排起了长龙，这是等吃饭的吗？还真有点不相信呢！近处一看可不是吗，排队等叫号。肯德基、麦当劳根本找不到座位，来到二层小吃城，更是人声鼎沸。儿子开始烦了，嘟嘟囔囔没好气，我说:"咱今儿非得吃好了,到三层去吃扬州菜。"进了淮扬村,走过流水的小桥,往日幽静的地方显得有些火热,一对对的青年男女居多,俩人一桌,还真有双双对对情人过节的浪漫。一问服务员果然没位子了,不过让我稍等去问一下,一会儿过来告诉我,有一桌客人吃完了,正在收拾桌子,马上就好。五分钟后我和儿子有了一个四面挂满竹帘的小屋,外面有悠扬的钢琴声,拿过菜单点了两例东坡肉、两例鲜虾球、一份牛肉羹、鲜啤酒炮羊肉、杭椒牛柳,两碗米饭。我知道我儿子爱吃肉,今天出来了索性就让他吃个够。南方人做菜就是比北方人精细,所谓的一例就是一块肉和一个虾肉丸,我和儿子尽情地享受了这来之不易的情人节大餐,一结账花了我一百六十多元。

据报上统计,中国人每年节假日已超过了全年总数的三分之一,也就是不到三天就有一天休息,中国人自己的节日都过不完,又开始过外国人的节日了。记得前年过圣诞节,我和老公去了一家大酒店凑热闹,是朋友给的票,要凭票入场吃自助餐,还有圣诞礼物,人多的就剩挤了,饭也没吃好我们就退场了。今年一听说过圣诞节是再也不出门了,没想到这情人节还是让我碰上了。我和儿子刚吃完饭老公就打来电话，他已为我们买回家一只烤鸭，还热着，我们哪儿还吃得下，不过不管是不是过情人节，有美食等着吃还是蛮惬意。

青酒之乡

贵州不只有茅台，也有青酒。麾下拥有酒厂、餐饮娱乐、星级宾客以及旅游等行业的青酒集团近日组织了一次苗寨侗乡多彩贵州游，我也有缘加入其中。看来人是不能随便乱讲话的，由于情绪波动我说想做一只蝴蝶飞得高高的远远的，没想到竟莽莽撞撞地飞到了黔东南。

我也是走过许多地方见过许多美景的，走入高原还是第一次，这里的景色让我有些措手不及，仿佛进入了画中，崇山峻岭，山山相连，寸寸都被绿色的植被覆盖，处处生机盎然，头顶上的蓝天白云好像一伸手就能摘下一片来。脚下的山路蜿蜒，有的能弯到360度，放眼望去，山下是曲直分明的梯田，偶有一些小楼立于半山腰间，有的是木楼，有的是竹楼，也有砖石砌成，阳光下在青山绿野中显得别具一格，独具匠心。如果司机师傅稍一错打方向盘，我们的专车——那辆小型中巴就会冲下悬崖峭壁，让我们这些平原来客不免有些担心。有人说，这儿的山咋这么多，一座挨着一座，好像永远也走不完似的。有人说，这儿的路咋这么多的弯，在我们那儿一辈子也走不了这么多弯路。会开车的说，这儿的路就是再好的车，打死我也不敢开。就是这样的山路十八弯，我们每天最少也要走三个小时以上。这里的景色皆可入画，我们每天就在画中游历穿行。我认为这里的景色不仅仅是迷人，而是美得具有震慑力！

我们吃的第一餐饭就是在半山腰间的一座竹楼餐馆，大家围坐庭院当中，吃的是当地的土菜，腊鱼、腊肉、野生的菌类以及一些我们叫不上名字的小菜和炒土鸡蛋等，很是丰盛。当地的风俗是不论天气多热，桌子的中间也要有一盆炭火，炭火上面煮的是一锅儿鸡汤鱼汤或是其他的肉汤。此时正是半晚时分，四周群山环抱，山上的植物在微风中摇曳，地上树影婆娑，当地的气候宜人。以后的几天里我们吃得都非常有特色，有时在老乡的木屋里，看对面的远山召唤；有时在小溪流水旁，看鱼儿游动，鸭鹅戏水。

青酒厂就建在半山腰中，早已形成规模的厂区整洁漂亮，浓香型和酱香型两大车间是分开的，高大宽敞的车间里有工人忙碌的身影，车间里水管流出的水就是山里的深井水，喝一口甜丝丝的，只有好水才能酿出好喝的酒，真是得天独厚。厂区院里有两尊雕像，一个是李白，一个是杜康。不远处一群穿迷彩服的年轻人是新招的工人，正在接受培训，可见厂商不但注重培养员工的素质，更注重酒之文化。我不会饮酒，但最吸引我的是用天然山洞建成的储酒库，里面排满了一人高的大酒坛，每一个酒坛上面都有一个硬卡片，记录着每一坛酒的前世今生。靠外边的一坛酒备有酒舀，供人品尝，会喝酒的争相品尝后赞不绝口，也许这就是洞藏的真谛吧！

说到这里，我不得不提到一位侗族女孩儿，她是我们的导游小刘，形容她最合适的应该是一个娇字。她一口整洁的牙齿，笑起来娇俏动人，声音娇美，娇柔而不做作。大家在途中要求她唱首歌，她为我们唱了一首《郎从门前过》，唱之前还要幽默地说："大家要好好听，这郎是山上的大灰狼，还是一只来自北方的狼。"一见她就让我想起在复旦读书时的同班蜜友，壮族女孩儿韦静波（笔名甘草），我叫她小韦。小韦性格温和，爱唱歌，也很爱笑，我们俩之间永远都不会有争吵，做什么事都能想到一块儿。当年的小韦就是这样一位娇娇的女孩儿，同样都是少数民族，小刘就是那时小韦的翻版，让我倍感亲切，小刘是从头至尾陪伴我们，为我们带来很多快乐。

高过河是青酒集团投资开发的旅游景点，8月8日正式对外开放。由于是开放日之前，我们是近水楼台捷足先登了，由于没有其他游客，只有一些工人在做收尾的工作，更显视野开阔，人也觉得悠闲。一眼蓝色的泉水清澈见底，顺着一条小河奔流而去，这条小河的水流又可作为漂流河道，景点还有苗家、土家、侗家的木楼，可供游客住宿和餐饮。对于我们这些外来人，那些小木楼没有什么不同，小刘告诉我们，当地人从这些木楼的高矮结构就能分出是哪个民族的。高过河的河水深不可测，冰凉沁入肌骨，两岸高高的峭壁气势雄劲，纯净的河水寂静无声、纹丝不动，我们坐的船在宽阔的河中显得是那样的微不足道。我有一种掉入深潭的感觉，这里就是一个原生态的家园。

青龙洞是佛、道圣地，六百年香火不断，不仅设有佛堂和道观，还供奉有玉皇大帝，它们之间还有一处用天然石洞修成的亭台，摆放着石桌石凳，中间的上方是一片露天。据说这里是古时僧道用来讲学的地方，环境清静优雅别有洞天。一段长廊的围窗是用珍贵的木材雕刻而成，每一格里都有一个汉字，不是小刘提醒还真看不出来。一处小石洞里有天然的石床，床的上面是酷似雨伞包裹样的石头，传说这里是张三丰修行的地方，雨伞包裹是他遗留下的。在玉皇阁院外小歇时见到一则告示，上面写的是佛讯，大概的意思是这里需要维修，希望捐款，我于是进去捐了三百元。一位小师傅问我求些什么，我一时竟没想出来，他说让我心无杂念抽支签，抽签时我心里想，我最担心的就是我儿子的学业，我出来时他还在补课，现在的孩子学习太紧张了。解签的师傅看过签后说："你抽的签是六郎逢救，是为小孩子抽的签。"他问了孩子的年龄，说了我儿子的一些事情，竟一一说中，就连我儿子小时候有过磕碰也说了出来，看来贵州处处有灵山灵水还有灵洞！

千户苗寨是我最有收获的地方。苗家的热情好客与众不同，一进我们入住的四层小木楼，苗家的小伙就在门口吹起了笙笛，苗家的姑娘站在两边手举牛角边唱边给我们敬酒，如果谁用手碰到牛角就要把整角的酒喝光。幸亏小刘之前提醒了我们这个当地的风俗，我们一行人每个都是把手背在后面用嘴沾了一口。

我们每个人还得到了一枚象征吉祥的红鸡蛋，鸡蛋用红线缠绕拴好，我们每个人都挂在脖子上像一个大大的项链，吃饭时大家围坐长形桌边像狂欢的派对热热闹闹。中间苗家姑娘还要上来为客人敬酒，她们边唱边往客人的嘴里送酒夹肉，有的客人不想吃就笑着跑开，苗家姑娘会追着喂给客人，大家不时哈哈大笑，气氛活跃开心不已。我们参观了当地的博物馆，傍晚时在小镇的广场看歌舞演出，这里每天如此歌舞升平，夜晚倚着木楼的长椅看山上千家灯火通明，晚风拂面任思绪飞扬，有一种来到世外桃源的感觉。在这古朴的小镇我们住了两天，临走时我尽其囊中所有，将我剩下的两千八百元现金买了两件银质的器物，一只雕刻着金鱼的银碗，一只雕刻着莲花可煮水的小银壶，是当地的银匠纯手工制成，小巧精致让我爱不释手，那熠熠生辉的光泽是瓷器不能替代的，我想我背回的不只是两件物品，也是一种文化。

　　舞阳河的舞字本是有三点水的，电脑里找不到，据说是当地人自造的一个字，我想一定是有人看到了天上的七仙女下凡，在这儿翩翩起舞，水面映出了她们绝美的舞姿，才有了这个舞字吧！舞阳河简介是：入口为相见河，经三剑峰谷口，展旗峰与雄狮峰脚下，过金鸡叫天门、唐僧师徒峰、破镜重圆、寿星石、鸳鸯湾、五老峰、将军柱汇入舞阳河主流龙王峡。上自白水溪、鼎足峰、匏瓜村、玉壶潭、黄石岩、龙王潭、三叠水瀑布、水帘洞、孔雀峰、炮子洞等四十多处自然景观。我无法用笔墨渲染这里的景色，我有些沮丧，我知道这里早已被古往今来的文人墨客写尽、写绝，在这人间仙境我只能站在船头聆听，聆听远古的呼唤，让我的心回归，回归到自然。

　　行程的最后一站是著名的黄果树大瀑布。它的周围是各种奇石异草以及年代久远的草本植物，离得老远就能看到葱翠的高山宛若披上了数条白色的丝绸在随风舞动，我们走近时听到水的轰鸣，抬头观望惊叹水的速度，水落礁石如若撒了一地的水灵灵的鲜花。蒸腾的水雾冉冉飘升，真是珠玉四溅、寒烟袅袅。斜风细雨中这山、这水、这景，我已不想变成一只蝴蝶了，我想变成一只雨燕，在那飞流的银河中一次次地掠过。

　　行程快要结束时，一路对我们照顾细致入微的小刘，早已被人们亲切地称为小牛儿了，可我认为比小刘更牛的还有为我们开车的小王师傅，他任劳任怨，开车时专心致志从不多说一句话，到达目的地还会帮小刘为我们安排一切，开饭时忙在前吃在后，不论客人怎样劝说总是滴酒不沾，如果青酒集团的员工都像他们两位这样敬业，就已经成功了一半。

　　回到都市再看到闹市中港星刘青云为青酒做的广告"喝杯青酒交个朋友"，使我对青酒又有了一层更深的认识和理解。那些在千年古洞中像布阵一样一字排开的高高的酒坛，又有谁能说得清，不是哪位神仙为那些沉睡在坛中的青酒吹过一口仙气呢？那些源源运入城市乡村的瓶瓶青酒，又有谁能说得清，喝过的人不是今生之幸事呢？愿青酒之香如黔之青山连绵而不绝。

我被快乐撞醒了

我心中的雨下个不停。

不知是不是宿命,7·28对唐山人是个永久的痛。而我上一篇博文恰巧是2009年7月28日,至今一年有余,我竟只字不写,我的心灵陷进了一次地震,我在废墟和瓦砾中挣扎无法解脱,还好,我不是林黛玉,不会以悲剧收场。

我被癌症困扰,太可怕了。一个从不生病的人一下就被击倒,我不怕死,我只怕死得很难看,我无法与任何丑恶的事情去抗争,不是没有勇气,是抗争之后我也同样会变丑,这是我无法接受的。我想到了死,如果死像一个人的转身离去,谁不想有一个华丽的转身?我并无任何留恋,我想去办一张游泳证,然后悄无声息地把自己淹死,游泳池的水比海水、河水、湖水要干净些，而且不用太久就会被人捞起，那段时间我一直胡思乱想，状态极差，谁一句话就会让我哭得稀里哗啦。对于检查性的治疗我也非常抗拒，情绪不稳，又哭又闹，病理检测结果出来了，不是癌症，家人和所有的医护都说我这人太"娇性"。

　　虚惊一场之后不禁让我想起《红楼梦》里那位：偶因一着错，便为人上人的娇杏丫头来，脂砚斋的评语是——娇杏，侥幸也。我这个娇性也侥幸了。

　　去年台风莫拉克登陆时我在杭州，西湖景色美不胜收，美女如云，就连开游览车的女孩也美得与众不同。我在西湖边徜徉，从那些美丽的女孩身上寻找我的两位杭州美女同学的影子，再美的女孩都美不过当年的慧慧和文丽，一个清瘦挺拔，眼睛亮亮；一个稍稍丰腴，美得极致。由于情绪不佳，我们一家三口在西湖边有名的饭店去吃西湖醋鱼和叫花鸡，然后雇了一辆出租去了九溪烟树，这里不是旅游区，是当地人喜欢来的地方。对于早已游过杭州的我是个好去处，景色幽静，人烟稀少，半山上的泉水和瀑布小巧精致，袖珍了那些望而却步的高山流水，还能进到农家去喝喝龙井。回来的路上我提到我的同学，由于来得匆忙未带任何礼物总觉有些不妥，司机师傅说老同学多年不见，只要能见一面就高兴，被他一说于是拨通了慧慧的电话，我能感觉到慧慧的喜悦，我们约好晚上在西湖边的星巴克见。

台风将至，细雨飘摇，我被一双小手抓住，慧慧着一袭湖蓝色的丝裙站在我的面前，裙子两侧的飞边在霓虹下招展，不知道的还以为西湖里的蚌蚌仙子跑出来了，怎么一点不变，还是那样美丽如初呢。站在星巴克的露台上，夜色里，润雨拂面，左手是断桥的灯火，右手是朦胧的六和塔，脚下是荡漾的湖水，慧慧说："这里是西湖最美的景观，我们都叫它西湖露台。"星期天她经常带女儿来这里，点一杯咖啡小啜，看着女儿在露台上写作业和玩耍。她又说："不过你今天来得最好，因为我们这儿还有一说，晴西湖不如雨西湖。"我们回到屋里找了位子坐下，每个位子上的人都很安静，有的在看笔记本电脑，墙角还坐着一个老外，只有我和慧慧叽叽喳喳地说笑。然后我们又想到文丽，惠惠却丢失了她的手机号，打电话到她单位没有查到。我们边说边聊，我不自觉地拨通了远在北京的福厅的电话，我们三个人又开始了隔空对话，夜色正浓，不知说了什么，就是想把这些年的话都说完，却怎么也说不尽。放下电话我才想起，我是想让福厅帮我查查文丽的号，太晚了我们不得不分手，回去的路上我感觉被快乐撞了一下。是啊！慧慧一定是忘了告诉我，日西湖不如夜西湖！

遗憾的是那次没有见到文丽，想起复旦读书时的文丽，秀色可餐，美丽动人。一班学生在老师家的挂历上指着一个大美人说那一定是她的姐姐，其实她比画中人还要靓丽。文丽不善交往，让人总有一种距离美，但从她的诗文里能读到童心和善良。记得有一次我们几个女生在她们宿舍里偷偷学吸烟，文丽说我像只猴子。毕业后听说她出了诗集，我不依不饶地打电话让她寄一本给我，现在的她有一对双胞胎儿子，家庭事业两成功。

九月中旬复旦校庆，我终于见到文丽，她还是那样不苟言笑，少了当年的那点婴儿肥，越发窈窕和成熟。从她美丽的双眸我又一次读到了友善，我们互留了电话。昨日我打开博客看到一条留言，竟然是五月份的，署名是文丽，我意外地感到惊喜，我跟进找到了她的博客，虽然不是她的名字，字里行间我读到了属于她的那份童趣，是以小快小乐的名字写的，一定是那对双胞胎宝贝，只有这样的漂亮妈妈才能起出这么让人动心的名字。这次我被快乐撞醒了，感谢文丽和她的快乐宝贝！

I'm tired of all this rain! l wish we'd see the sun for a

change。突然想起了这句经典的英文:我真是烦透了这种雨天!真希望能见到太阳,换换口味。

好吧!让眼泪和雨水洗净餐具,把"杯具"变成"洗具"。

王的女人

最近听到一个桥段：一个男人经常陪小三去一家高档美容院，后来他的太太也成了这家美容院的常客，有一次他和太太在前台结账，恰巧小三在里面做美容，知道内情的服务员充当了内线，找借口把小三留在了房间，服务员是好意怕两个人打起来。服务员对两个女人的评价是：大老婆不舍得花钱，小三花大把的钞票什么项目都做。

为此我和一位闺蜜还谈论了男人贱还是女人贱的问题，如果是以前我马上会说，当然是男人贱，你看男女之间大部分都是男追女，很少有女人主动的，男人献金献银还要献殷勤，男人贱。现在我却有了一百八十度大转弯，我认为是女人贱，女人把自己待价而沽了，女人想让男人给她一百万，给不起的她不会考虑，当然一千万更好，而千万身家的男人也绝不会找个垃圾女，谁见到哪个富人找的女人是走大街上看都不愿看的？Sorry、请不要对号入座，我指的男人和女人不是全部，这只是我小众的目光而已。

　　既然女人贱那男人就贵喽，男人就不是个东西，怎么能以贵贱论，谁再跟我提哪个男人又"花"了个女人，我会说男人就是这种动物，这一点都不稀奇。四柱推命术里男命财为妻妾，女命官为夫嘛，中国古代的算命术是把女人当成男人的财产，试问哪个男人不爱财，当然是多多益善了，男人越有钱身边的女人就会多起来。我们家有很多老总之类的朋友，确切地说是我老公的朋友。多年前，有一次满屋的男男女女正在说话，有一位的电话响了，一看是老婆的电话，马上对屋里的人说："女人都别说话，男人继续说。"还是此君，一日和坐台小姐在一起，他老婆又来电话，他说："我快到家了，在路上呢。"接完电话即刻出门打车疾驰而去。平时他是坐公交回家，那时还很少有人买得起车。我也曾无数次问过我老公："你是不是也这样骗我，你在外面找没找过女人？"他当然是打死也说没找过的。男人在老婆面前承认此事等于是从五十层楼跳下，不承认等于是从五层楼跳下，何去何从谁不会选？

也是多年前，有一美艳少妇面对满屋的大小伙子低眉垂目，眼睛不敢视人，不是娇羞胜似娇羞，有一句电影台词："年轻的姑娘、你真是年轻啊。"没多久少妇就被别人拐跑了。

比起美女，丑女就主动多了，应该说是有一丑妇大庭广众之下说："张总是我的偶像（有位明星说过：关键看你呕不呕）。"张总谁呀？比她大三十岁，比她爸还大呢，这不是暗送是明着就送上秋波了，男人哪经得住这样投怀送抱，还不赶快笑纳？忙不迭地念叨："不丑不丑。"算是收了呢还是从了呢？丑女不会被拐跑，只是给她老公挣了顶绿帽子。佛语说："善者给子孙留余荫，恶者给子孙留余殃。"自己都管不好的恶者哪里还顾子孙？有一句话说得好：所有的女人都曾经是美女，至少跟自己相比。女人要劈腿总有比她又老又丑的男人等着呢。如果那些自家的女人想出轨，还不是有许多别的男人蜂拥而来。说说那些自家的女人，一位风月场所出来的女人，一双水汪汪的大眼，顾盼生情，那张烈焰红唇也是曾让无数的男人迷迷糊糊了，如今嫁人生子，一日老公的情人电话打到家里来，她不温不火，好像一切都是她安排好的，还把孩子喊过来跟电话那头叫阿姨，倒是打过电话来的人措手不及，慌慌地挂了电话。如今她老公又换了情人，她笑吟吟地跟我讲着她老公的艳史，就好像她儿子又搞了个对象，好像在说："小样，我正想给我家爷们找个解闷的，你还送上门来了。"我们家有位亲戚嘴上常说的就是："有本事跟她过去。"我倒是蛮欣赏《日出》里陈白露的那句经典台词："我这里要烟土有烟土，要手枪有手枪。"用在哪儿都合适。

前几日刘晓庆话剧巡演来唐山，我不惜重金买票看了第一百二十场的《风华绝代》，那身段、那做派，当年的赛金花怎能比得过现在的晓庆姐，钱花得一点也不冤枉，沾了一身仙气回来。

最近北京电视台《档案》节目播出澳门赌王何鸿燊的故事，四房太太十七个子女，后三个太太都不如大太太年轻时漂亮，可大太太老了，大太太得了怪病，名正言顺地娶了二太太，还不忘勾引大太太身边的小护士，不想娶的小护士又哭又闹又变成了三太太，二太太被气走移民加拿大了，一年之后又娶了会跳舞的四太太。女人是在用钱衡量自己的身价吗？我突然又变了想法，其实女人想要的是一个王，霸王也好，山大王也罢，赌王也是王，没见女孩谈恋爱的时候找的都是心中的白马王子吗？王子将来是要当王的，当了王的男人又如何呢？当了王的男人最想要的就是女人，而真正的王中之王就是皇上，皇上的女人多了去了，女人再多谁又能与其长相厮守相伴到老、比翼双飞呢？孤家寡人一个！可是男人还是争先恐后地想当王，怪不得我老公跟我吵架的时候会冲我大吼："告诉你，我上辈子是皇上。"哈！皇上有什么了不起，我是慈禧，我还是武则天呢。说来说去，这女人都是王的女人，她们是被王抛弃、被王遗忘、被王冷落和被王娇宠着的……最后留在王身边的那个女人也是王，是女王。

我把儿子逼进了美国名校

这两张我和儿子的照片是几年前拍的,那时的儿子还是个只穿运动服留着短寸头的愣小子,阿迪达斯和耐克的忠实粉丝。现在的儿子早已换了发型,穿喜欢的牛仔裤,听从我的建议穿格子衬衣,身高一米八,斯文的帅哥一个了。

儿子不算是刻苦用功的孩子,上高中的时候,一次偶然机会被我塞进了出国留学的班里,儿子是老大的不情愿。我老公嫉贤妒能自愿担当儿子的家庭"保父"。儿子起早贪黑很辛苦,我老公每天为我儿子准备的早餐就是各种面包糕点和牛奶,高脂高糖吃得我儿子直想吐,儿子既要完成国内的高中学业,又要学好准备出国的英语课程,每天下学还要看书到很晚。为了让他多睡会儿,每天早上都是掐着点被他爸叫起,匆匆吃过早

我的大衣穿在了儿子身上

一米六六的我

饭就赶着上学去了。估计整个上午状态不是很好，没多久儿子闹了情绪，说什么也不学了，离家出走电话关机，情急中我想起儿子一个要好的同学住在光明宾馆。我老公怒气冲冲不等我把话说完就找去了，到那儿却不知那位同学的姓名，前台也没法查到。我老公气呼呼给我打电话问我那同学的名字，听那口气如果我儿子在他一定是一顿暴揍，我一面跟我老公周旋一面给儿子的老师打电话，找到那位同学的电话通知我儿子从宾馆后门快走，我急忙开车到新华道将我儿子接走了。哈！打我儿子！姥姥！我拉着儿子去理了头发，人也精神了许多，一路上也讲了许多道理，回家之后召开家庭会议，以后儿子的起居饮食由我全权负责，我老公不许插手。从此我每天早上五点半起床叫醒我儿子起来看书，一小时后儿子困了就上床小睡半小时，七点我的早餐准备完毕，有时是豆浆油条（都是我现炸鲜榨）；有时是煮鸡蛋、煮玉米和热牛奶、五谷粥，粗细搭配换着样儿吃，不论吃什么每天必不可少的是一块煎牛排，大小伙子，长身体的时候不能离开肉。儿子简单洗漱吃了早饭上学去了，晚上回来从不让他看书，吃点水果洗洗干净进入梦乡了。《黄帝内经》讲晚上肝经开，人不休息不能养血，时间久了就会伤肝生病，早上三点之后肺经开,肺朝百脉人是最有精神的时候,起床做事不伤身体,按照我的计划一切都纳入正轨,儿子踏实了,学习也不再费力;学校还组织去美国观光,到美国的大学去提前体验生活。其间儿子还去了英国住在当地人的家里一星期;从国外回来儿子给爷爷带了一件T恤,给奶奶买了一个带液晶的米老鼠,很漂亮,花了二十多美金折合人民币一百四十多元。儿子说因为奶奶是属鼠的。奶奶高兴了,人前人后经常说:"我孙子好,我孙子知道奶奶属鼠的。"奶奶激动了,爷爷吃醋了,有一天爷爷问我儿子:"你奶奶属鼠的,你知道我属啥的?"我急忙在儿子背后提醒:The monkey。儿子答道:"哦!属猴的。"瞬间爷爷也激动了,其实不用提醒,儿子从小就会背十二生肖,是我教的。

　　前几日我看报纸上有一标题"英语这块三角铁",内容我没看,想必一定是讲英语如何难学吧。英语难学国人是有同感的,好在我儿子小的时候我就大段背诵"李阳克立兹英语",那时候我儿子经常跟我抢着说,我一直都伶牙俐齿不让他胜我,想想这是我的错,小孩子有时候应该故意输给他一些,让他更加有信心。后来儿子大了就不再搭理我的英语对话了,但是儿子的听力一直都是全班第一，这是不是跟我那时候整天哇啦哇啦跟他"抢"英语有关呢。

三年一晃就过去了，儿子以托福全班第一的成绩考过了。儿子想去英国，因为他喜欢英国，在英国住的那几天，他说晚上出去能看到狐狸，白天能看到松鼠，那儿的生活环境好。我坚决反对："要去美国，美国是有梦想的地方，年轻人就应该去美国。"是啊！美国有四千多所大学，而中国人口众多却只有一千多所重点大学，想进北大、清华真是竞争激烈，而美国能够进入排名前一百的大学就是优秀生了，这么好的学习环境为什么不去呢？在我的游说下儿子同意了，共报了八所学校，被其中的七所录取，有两所每年有一万多美金的奖学金，最后选了专业排名前五十的一所。

毕业典礼，儿子的班主任点名让儿子的父亲上台讲话，要求三至五分钟。儿子回来跟我一讲，我说："你爸最近太忙，要不我去吧。"我儿子说："那可不行，那样你不就成了咱家老大了。"哈！再怎么着还是他爸是老大呀！不过，那几日我老公真是忙得脚不沾地儿，他要给儿子挣学费，没办法不是老大我也当了老大了，把我的演讲稿附录下：

各位尊敬的老师、在座的家长朋友、同学们，大家好：

我儿子赵健之所以能取得今天的成绩，与各位老师的精心栽培密不可分。

赵健能到GAC学习，说起来也算是一段缘分。在入学报到的时候，可能每个同学都收到了一份GAC发的英语培训班通知，我想很多同学和家长都会像我一样，以为是无关紧要的小广告，没去理会。等到快开学了，我帮赵健整理开学装备时才发现了这张不起眼的纸，于是就赶快打电话咨询，当时接电话的是韩老师，韩老师的耐心解答让我马上带着赵健就到GAC来交学费了。当时赵健是极其的不情愿，韩老师带着我和赵健参观了GAC的教室，以及外教给孩子们上课时的现况，韩老师也是从国外归来，他用英语与外教交流让我印象深刻。回到办公室韩老师又给了我一整份的关于GAC的资料，他说赵健要学的是GAC之前的英语训练，考过了才有资格进入GAC的学习课程，我当时也并未多想，只是觉得让孩子多学点知识终归不是坏事，至于出国留学还是奢望。我还对赵健说，男孩子不能打架斗狠，你将来能像这位韩老师一样，既阳光又温文儒雅充满书卷气就好了，有知识的人内心才会强大，知识就是力量。

考上GAC之后，赵健还是有些退缩，对我说："让我考虑一下再决定，如果我要是上了GAC，以后的学习还不把我累得像狗一样。"GAC也召开家长会，对孩子今后的学习进行探讨，我也跑到其他的出国留学机构去咨询，抱一堆资料回家研究；去参加一些银行等单位的留学知识讲座。最后我发现留学没有捷径，还是要脚踏实地地学习，其他机构都是学习和办出国程序分开，而GAC是学习和出国流程统一进行，学习环境和师资也都是首选，最终我还是选择了GAC。

就像关天朗的父亲所说，任何事情进入到专业训练就会变得枯燥，就会产生厌烦情绪，赵健也不例外。由于刚开始学习紧张压力较大，他无法适应，情绪一蹶不振，也曾负气出走不接电话。陈主任还特意把我请到他的办公室对他的学习进行分析，使家长与学校共同配合。班主任胡老师也经常用电话与我交流，一个个的困难在一次次的坚持中逐一而解，赵健的情绪和学习状况慢慢稳定了，最后的成绩名列前茅，被美国的七所大学录取，其中有两所有一万多美金的奖学金，最终决定去美国排名前五十的大学学习金融。

赵健曾是一个轻言放弃的懵懂少年，如今他坚强自信、知书达理，让我倍感欣慰，这也完全得益于GAC的教育。陈主任亲自带队去英国、美国参观学习，让学生们长见识，为以后的留学打基础；杨老师为学生办签证认真负责，当得知赵健考了好成绩胡老师高兴的溢于言表，打电话给我，比我还要高兴。点点滴滴让我心生感激，是他们成就了赵健的今天。中国人有句话叫情重不言谢，曾经为孩子付出心血的老师和外教们，无论走到哪里我都会为你们祈福，My son is really lucky to meet you, thank you very much！（遇到你们我儿子真的很幸运，非常感谢！）

父　亲

小时候父亲是山，这句话谁说都恰当。我的记忆里，父亲每天忙忙碌碌地上班下班，很少有时间顾及到我。最开心的就是快吃晚饭的时候，我爸下班回来，我在炕上跳起伸出双手欢呼："我爸回来了！我爸回来了！"我爸就会将我抱起放到柜子上，然后再从柜子上抱回到炕上，这是每天必须的程序，之后我爸才去洗手换衣之类的。

父亲很有才，他会吹横笛，每天下班之后都要吹一阵儿，有时还唱歌，唱的都是那时的样板戏之类的，而父亲最大的爱好就是象棋。我爸是唐山机车车辆厂（那时我们也叫南厂）也就是现在的北车集团当时的象棋冠军，那时厂里每年都要举行一次重大比赛（小的比赛也时常有），我爸是免复赛直接进入

这张老照片是那时我们的全家福,奶奶抱着大伯的儿子,爷爷抱着我,后排左起为我妈、我爸、我小叔、我大伯、我大妈。

决赛的选手。那时的父亲很开心,穿得干干净净,不用换工作服,每天去俱乐部看棋,等到别人都比完了他再与那些选拔之后的选手进行决赛,父亲年年得奖无数,也只不过是一些毛巾、脸盆、茶缸之类的;受我父亲影响从小我就会走象棋,什么马走日字、象走田字……有时家里来了客人我爸来了兴致,非要与人下一盘,人家自知不是对手,我爸就让人两颗子再与人下盲棋,这时候我就派上用场了，对方看着棋盘走棋，我爸背对棋盘，我为他走棋，"炮二平五、马二进三……"我父亲说，我充当棋手，最后还是我爸胜！我爸还经常参加市里的象棋比赛，有一次我高中隔壁班的一位女生还特意找我下棋，因为她是少年女子组的冠军，她以为象棋冠军的女儿就一定是个高手，其实我还真没用心钻研过，不过多年之后我无师自通数独游戏，竟能玩到了大师级。

父亲自从有"先进生产工作者"称号开始就一年没落下过，而且两次被评为厂级劳模，每到年底评选的时候，父亲的车间都不用竞选，全体一致通过非赵师傅也就是我爸莫属。我妈却并不支持我爸，为了我爸玩象棋没少跟我爸吵，我妈说我爸玩棋没用，一到礼拜日就招来满屋的棋友，炕上一拨地下一拨，当先进也没实惠，就给一张奖状，一年到头连个病假都没请过，人家谁不经常开个病假条什么的，甭说假条连一片药都没去医院要过，那时工人从厂医院开药不要钱。我爸是个严于律己的人，我记得有一次我爸中午回家吃饭，工作服的口袋里装了一把铆钉，是干完活忘掏出去的，吃完饭我爸又把那钉子装回厂里去了。就是这么一个爱厂敬业的人有一次回到家，一头扎到炕上大哭了一场。我当时吓坏了，躲在炕角一声不吭。我记得那天我妈特地熬了一锅大米粥，在那个什么都匮乏的年代我家很少吃细粮，在平时我早就迫不及待地起来去吃了，这次我却一动不动慢慢睡着了，那天晚上我饭都没吃。到底为什么呢？听我小叔说我爷爷奶奶有六十亩地，土改的时候因为我爷爷为人老实才被定了个富农，要不可能就是地主了，可我爸在我上学的时候让我填的成分一栏是工人。我爸也经常说我爷爷奶奶不容易，一年到头土里刨食，连肉都吃不上，有的舍不得雇长工，只有忙不开的时候雇些短工，自己连豆腐也舍不得吃都给帮工吃了，所以我父亲一直因成分的问题心里感到委屈。一次被评为先进的父亲上台发言的时候就说了虽然自己成分高其实家里很苦的话，台下的领导让人把我父亲从台上叫下，停止了他的发言，就为这事我爸回家倒头大哭。我一生中见我父亲哭过三次，那是第一次。

  我父亲第二次哭是因为我，那时候我已经长大上高中了，一次我和我妈闹别扭，我爸从外面回来说了我，我不服，我爸给了我一拳，我一声不吭转身走了。我跑到我同学单玉珍家住了一宿，第二天在玉珍的家里我背对着门靠墙坐在一张小板凳上，屋里还有几个人，我爸慌慌张张地从门外进来没看到我，明显带着哭腔问我来过没有，对着门口坐着的玉珍见我不吱声，赶紧站起来说没来过，我爸急匆匆走了。见我爸着急的样子我后悔了，晚上我让一位亲戚把我带回了家。我爸当着满屋的亲友号啕大哭，他以为我自杀了。

我爸第三次哭是我奶死的时候，他嗓子都哭哑了，我妈说我爸半夜起来还哭呢，他说他对不起我奶奶，老人家一天福没享着，等到他刚开始条件好了有钱了，我奶奶就走了。我爷爷是在东北我大伯那儿去世的，其实我爸是个天底下最孝顺的儿子，三年困难时期闹饥荒，我爸为了给我奶攒粮票，躺在宿舍整整七天没吃饭。多少年后我还在想：不是说人七天不吃不喝会饿死吗？是不是有水喝就没事？显然我父亲挑战了一次人体的极限。这件事一直是我们家族经常提起的一件事，至今说起我都会心疼不已。

父亲一生就打过我一次，还闹得我们家天翻地覆的，从小到大我爸都叫我君子，子发"ze"（则）音，什么事都愿意跟我商量。我父亲喜欢咬文嚼字，像"不以物喜、不以己悲"之类的话都是我小的时候听我爸说的，当时我都不明白是什么意思，曾经看过一篇文章说国外贫民窟长大的孩子与富人区长大的孩子最大的区别就是词汇量的不同，父亲的话让童年的我经常浮想联翩，我为我有一个这样与众不同的工人父亲自豪。

小时候父亲经常用自行车带着我去南厂俱乐部看电影，也经常从南厂图书馆借书给我看。有一次他借了一本《闪闪的红星》念给我听，胡汉三念成了胡三汉，然后又重复一遍又念错了，至今想起还让我发笑。往事历历在目仿佛就在昨日，小时候父亲是山，让我温暖，让我有安全感，长大了我就是父亲的依靠，至少能让他为有我心中有一丝骄傲也行，可是父亲却没给我这个机会。

父亲在我母亲眼里一直都是个没本事的人，每天除了上班、回家、玩棋，三点一线，剩下什么都不会做。我父亲真的是个实诚人，我在一篇关于唐山大地震的文章里也说过，地震后我父亲为了救人累得满头的乌发过早谢顶。有一次车间从外面揽了一批活，是几扇大铁门的焊接，我父亲是铆焊工，再薄的铁板都能焊接得严丝合缝，别人根本做不到，一焊就漏，而且我父亲各种图纸都看得懂，车间把这批活交我父亲一个人干了。我父亲圆满完成任务，车间奖励我父亲十五元奖金，我父亲还觉得于心不忍。后来一位知情人跟我爸说："赵师傅，那批活你给车间挣了一千五百元。"可我爸还是认为上班好好干活是天经地义的事。好人终有好报！我父亲退休后一个包工队慕名找上门来，要求让我爸加入他们的队伍，入股也行高工资也可以。我父亲没钱入股，就跟着人家好好干活了，就是这个在我母亲眼里没本事的人退休后为我妈挣了近二十万元。

父亲生于1937年阴历9月12日，2002年6月18日还不到六十五周岁的他就永远地走了，小脑萎缩，只在床上躺了八个月。这期间我为父亲买了轮椅、多功能护理床，去北京王府井买来医护用品，每周去北京的一所中医院取药。短短的八个月我一直没反应过来，我认为父亲只是累了需要休息了，用不了多久我爸还会精神抖擞地站起来。父亲不老，人也长得比实际年龄年轻许多，到死头发都是黑的，父亲不像别人大腹便便的，他身材一直很匀称，中等身高，不胖不瘦，标准的国字脸没有一丝赘肉，在我的印象里他永远是四五十岁的样子。从不生病的父亲就这样匆匆走了，他的死对我是一个沉重打击。父亲不是老死的，一点老态龙钟的迹象都没有，我无法接受这样的事实。父亲的死是我心中无法碰触的隐痛，欲哭无泪！我甚至有点怨恨父亲：您怎么那么没本事，为什么不好好地活着呢？

诗集出版记

  夏末秋初的九月,天气微凉,我的同学林学勇先生和他年轻貌美的太太淑玲女士邀请我们一些同学去他的家乡烟台做客,如此好事去年就被邀请过,只因当时我儿子正在参加托福考试未能成行,去过的同学反馈的信息都很开心,今年我欣然前往了。

  鲁菜是中国名菜之一,山东人的好客也是出了名的,烟台是沿海城市,这次之行让我尝遍了各类海鲜美味,海参、鲍鱼、龙虾自不在话下。各种鱼类、各种贝类以及各种做法的不同,有大到半张桌子的盘子,上面是一只鱼的一段,是什么鱼、鱼有多大我说不清了,反正很美味,小到只有一粒花生米大小的乌贼、被当地人称之为海兔子,切成丝的鳗鱼、用竹签子串起炸成串的针鱼。在长岛光是螃蟹就上了三种,吃也吃不完,最后只好跟店家借了一只盆子、端到半山腰我们住的别墅里准备晚上当夜宵，最后还是一只没吃全都给了房东。还有我没见过也没吃过的海胆、黑乎乎的像个刺猬，该怎么吃看着就无从下口，噢！一切两开，上面是个盖子，下面变成了器皿，掀开盖子里面是蛋羹一样橙黄，不过比蛋羹好吃多了，是海鲜味的哦！学勇邀来他各界的朋友作陪，就是他们夫妻两人也要对面坐分成主陪副陪、帮你布菜。当地人引以为荣的是一道最便宜的菜、海肠（当然现在也不便宜了），据说早在乾隆年间，京城的鲁菜秘诀就是每道菜出锅前伙计都悄悄撒上用海肠磨成的粉，也就是起到了现在的味精作用，那道随便一炒的海肠确实很鲜美。福厅在每道菜吃之前都拍了照片，他在忙着发微博、晒晒这些美食。最让我难忘的是那只一餐就能吃饱的鱼肉饺子，鲜香爽口、没有半点鱼腥味、找不到一根小刺，为了让人看到它是盛在一只盘子而不是更小的碟子里，福厅拍照时特意在边上放了一双筷子，那只鱼肉饺子有多半个筷子的长度。

我们吃了高档会所的私房菜，海边小洋楼的秘制菜，农家菜……到底有多少道我没有打电话向福厅求证，我想大概一百道有余吧！

烟台自有一种气势的美，视野辽阔、林立的高楼在海的映衬下失去了水泥森林的威严，显得那样安详、静谧，洋派建筑的酒庄让你能感觉到葡萄架下四溢的清香。淑玲开着她的奥迪A8带着我们在滨海大道上开了近一个小时都没走到尽头，那无处不在的海静静地环抱着这座城市，可我还是感觉到海的气势磅礴、蓄势待发。这也是我第一次真正意义上的近距离接触海，坐快艇海水掠过你的头发是惊喜的，坐游轮是乘风破浪的快乐，我们不止一次地坐了这些海上的工具还坐了私家的游艇。长岛风景区的别墅是专门为游客准备的，每一间都是宾馆客房式，我和阿婷同住让我仿佛回到了当年的女生宿舍，一路同行的复旦中文系梁永安教授（我们还是愿意叫梁老师）让我再次获益，同住上海的阿婷请求梁老师回去要听他的课呢，让我羡慕不已。最美的风景应属蓬莱阁，虽然没看到海市蜃楼，黄海与渤海交汇成的一道直线，延伸到海的尽头，缥缈、浩瀚，站在蓬莱阁的城楼上一眼望去，海水清澈见底，让我有一种融入那海化成那水的冲动。蓬莱阁的后庭古树参天，坐在石凳上小歇怡然自得，那些仙风道骨的隐士也不过如此吧！峭壁下退潮的海边我和阿婷捡回那些浑然天成形态各异的石子。妈祖庙、穿过山间的滴水洞，我的记忆有些混乱了。回来的路上收到阿婷的短信："已到上海，心还留在烟台的美景里！"

回家后不久，学勇来电话："我联系了出版社，我们每人出本书如何？"又是好事一桩！阿婷一本、我一本、学勇一本、其他同学各一本……一本丛书就这样被我们瓜分！我的诗集《送你一朵玫瑰》得以出版。阿婷来电话说："我们要感谢林同学哦！"，是啊！再次感谢学勇！欢迎你们夫妻二人来我的家乡做客。

烟台之行也许会写篇游记，由于要整理诗稿，只好匆匆写上几笔作为出版记了。我自认为不是一个勤奋的人，随遇而安、顺其自然，但这不代表我不努力，我只是不愿以一种争斗的方式生活，所以我很知足。这些诗稿陪伴我太久，虽然丢失了部分。不是为了出书的写作写得很慵懒，也很闲散，惭愧！不过有美食、美景，还有桩桩好事，一切都是美好的！

飞花之梦

　　中国有句古话叫宁拆十座庙、不毁一桩婚，我的朋友圈儿里还真有一件劝人离婚的事，但没办成！

　　兰妮与她的男友相识十年，两个人分分合合，身边的朋友都烦了，最让人看不惯的就是每次吵架之后都是兰妮主动示好，否则三五个月也不来往，看谁熬得过谁？为此身边的姐妹不止一次地说过兰妮，别理他了，男人都是惯什么有什么。可没办法，兰妮就是扭不过他。

　　兰妮的男友彭彭是个美发师，说起来他干这行还是兰妮帮他选择的，那时两个人都是十七八岁，兰妮做了美容这个行业，然后顺理成章让彭彭学了美发，出徒后兰妮把她的朋友都介绍过去成了彭彭的常客，我自己就好几年在彭彭在职的那家美发店办卡。

彭彭的家离市区几十公里，两个人就一直在兰妮的父母家同居，后来彭彭开了自己的美容美发店，做了老板，有了事业两个人准备谈婚论嫁，就在婚礼前夕两个人又闹了矛盾，两三个月不说话，所有的朋友都劝兰妮别跟他结婚了：结婚以后兰妮也是个受气的！最终还是兰妮妥协找彭彭和解。婚礼如期举行，盛况空前。

结婚一年后两个人喜得贵子，一切看似都很圆满，兰妮还是事事无法做主，她的朋友做个烫染都要问彭彭打多少折。没多久彭彭在外结识一富家女，从此再也不回家了，冷战半年回来跟兰妮摊牌：离婚。兰妮试图挽回说，只要不离婚一切都不过问，就这样保持现状，就是人不回家也不管。兰妮得到的答复非常果断：没商量、离婚、别拖着。

我从没见兰妮哭过，也没见她怒过，不温不火，不急不躁，就像当下人所说：天上飘来五个字，那就不是事儿！

兰妮离婚，彭彭事业发达了，整个城市如雨后春笋陆续出来几十家彭彭工作室、彭彭造型……彭彭结婚后又生一女，兰妮的儿子本来归她抚养，彭彭要回，兰妮又一次妥协。

后来兰妮再婚，生了一对可爱的龙凤胎，现自己经营一家女子会所，事业上升进行时！从她的微信上转发的都是一些《圣经》里的摘要、加措活佛语以及那些高端大气的文章居多，也有她练习瑜伽、温习茶道和一些生活照，兰妮现在越发漂亮了，穿着时尚得体，还是那样文静的笑容，一点也不张扬。

还有一位婚姻不被看好的水云，周围的朋友也是经常劝其离婚，水云与她老公属于闪婚，相识两个月就结婚了，结婚十年现如今孩子都已经八九岁了。水云的老公家境不好，人们大多住楼房的都市时代，她老公住的是市边的平房，而且与公婆同住。水云每天上班几十里，刮风下雨骑一电动车，辛辛苦苦挣钱养家，她老公从不交钱给她而且每月还从她这儿要一些零花钱，她老公经常晚回，从不许水云过问。水云的同事那时流行 QQ 聊天，水云也加一些朋友闲聊，一次她老公半夜回家，水云的手机正在充电，她老公查了她的聊天记录，然后睡梦中的水云被其叫醒，郑重警告她：以后不许用 QQ 聊天。从此水云回家之前都要把 QQ 删掉，后来干脆花两三百元买一手机放在单位用。遇到这样一位独断专行的丈夫已经够受气了，她还有一位专横跋扈的婆婆，每天对水云呼来唤去，只要水云的老公回来晚了，婆婆每次都提前留门，如果水云有时加班回来晚了都是自己拿钥匙开门，婆婆从没为她留过一次门，有一次水云的公公买了一串香蕉回来，水云的女儿就一个一个地从爷爷那儿拿回水云的屋里来吃，吃完一个再去拿一个，来来回回拿了四五个。水云的婆婆从屋里出来站在外屋对孩子指桑骂槐，以为孩子拿回去给水云吃了，水云也不生气，出来解释是孩子自己吃了，孩子吓得哇哇大哭，像这样的事时有发生。一次她婆婆从亲戚家拿回一些小孩的旧衣服，洗了晾在衣架上，水云第二天收衣服时摸摸还有些潮就把其他的衣服收了，她婆婆出来见水云收了别的衣服唯独没收这些就冲水云很不满地说："怎么着，你是不是嫌这些衣服不好啊。"水云解释说："妈！那些衣服还没干呢？不信你去摸摸！"像这样的小事水云习以为常了，夫妻之间的争吵每次都是以水云失败告终，因为她老公一说离婚，水云就不再吭声了，水云是永远也吵不赢的那位。

再后来水云听说老公在外面有了其他的女人，两个人发展到一两年都无性的日子，有一次吵架她老公又提离婚，水云真生气了：离就离。她老公这次僵着了，自己下不来台，一气之下两个人去办了手续，离了。

　　水云搬出那个家，跟女儿两个人租了房子。她老公没过多久就后悔了，外面那女人嫌他穷，不跟他结婚。他到水云的单位找她，请她们娘儿俩吃麦当劳，真是太阳从西边出来了，婚姻期间他都没舍得请娘儿俩这样吃过，水云不敢告诉他自己的住处，怕他去闹，但是为了孩子也想挽回这个家，就这样跟他保持着往来。水云不打算复婚，想多些时间来让彼此多思考，希望他能真心悔过，半年之后水云发现他与外面的女人还在来往，一直没断，水云彻底死心，一刀两断。

　　艰难的日子水云从网上下载了佛歌，听着佛音打坐，现在有了微信，她也经常转发一些让女人励志的文章。

　　不说婚姻中谁对谁错了，兰妮的前夫找了一个专一的女人，还算有日子可过，而水云的前夫找的是滥情的女人，所以过着到处"打油飞"的日子。时下男人大多滥情，而女人却万万不可，滥情的男女各图所需，男人贪色女人贪财，滥情的女人给滥情的男人开了绿灯，实则害了他人也害了自己。记得听说过一个婚礼，那个新娘与她的领导有染，还装模作样地让这位道貌岸然的领导做证婚人，这样的女人其实很虚，首先虚荣其次虚情。虚就是缺失，果不其然没多久就发生了一场事故，这个女人在事故中受了重伤，身体缺失了一个零件而已。

望世间男男女女真是花也非花，梦也非梦。忽然想起一首词：漠漠轻寒上小楼。晓阴无赖似穷秋。淡烟流水画屏幽。自在飞花轻似梦，无边丝雨细如愁。宝帘闲挂小银钩。诗情虽然有些小寂寞、小忧伤，如果作为诗境中的女人确真是让人醉心，今生既已为女，还是做个自在飞花的女人吧！

浮　生

经常有亲戚朋友送一些特产，却因不会加工而转手送人。未发的干海参、鳗鱼干、茶叶、黄酒、糯米酒、木耳、蘑菇，以及那些乡村无公害的各种杂粮……一些干鲜水果还是可以慢慢享用，南方的荔枝、龙眼、东北的榛子、海南过来的像梨一样大的青枣、蜜甜的释迦、山竹……福建的青橄榄有些吃不惯，但阳桃不错、桂圆干儿好放，每天可以泡水喝，生鲜的海货、青岛的鲜鲍鱼、海螺还有阳澄湖的闸蟹洗洗干净放点盐用水煮就可以了，其他的就有些束手无策了。

有人说，不会做饭的人是因为不馋，馋人会想尽一切方法学做各种美食供自己享用。现代人自诩为吃货，网上也大有人在晒各种美食，可谓吃遍大江南北甚至吃遍世界各地，有一次我在电视上看到一档节目，一位嘉宾说，所有的吃货都不是真正意义上的吃货，因为他们吃的只是妈妈的味道，好多的世界级的美食不一定吃得好、吃得惯。

本人觉得不是不馋而是太懒！我是最喜欢吃甜食，经常办一些糕点店的卡，有时吃没了来不及买还会断货。一次在超市见到蛋糕粉就买回来小试，一只鸡蛋加一小包粉两三分钟就能吃到一块热乎的蛋糕。亲戚从老家带回的绿豆，我每天熬绿豆粥有点吃腻了，那么多的绿豆怎么能吃得完呢？我突发奇想把绿豆熬成豆沙放在冰箱里，每天早上做蛋糕的时候放一勺豆沙，一块香甜的豆沙饼就这样诞生了，满口的豆沙香，糕点店可舍不得放这么多的豆沙！我一下子脑洞大开，原来做饭并不繁复，只要用心还是蛮有收获的。我又连续发挥想象，从网上买来豆芽机，发出来的豆芽给餐桌上添了一道美味的菜品。儿子出国之前在 iPad 上为我下载了好豆菜谱，这一下为我大派用场，我只要把家里的食材输入，各种做法都出来了。以前看电视上做菜就换台，总觉得与我不相干，学一道菜要准备各种调料、各种食材，太麻烦了！而好豆菜谱上一道菜每个人的做法却大不相同，各出奇招、各发奇想，哦！做自己喜欢的口味，不一定按部就班、生搬硬套，我于是对着家里的食材开始研究怎样吃的问题，心里想：做不好大不了倒掉重来，结果一个也没倒过，全部吃掉了。

我开始从网上搜出发海参的方法，无非就是泡了煮、煮了泡，直到发软了为止，发好的海参洗净、一只只包装好冻冰箱里。我最喜欢做的一道菜就是：三至四个鸡蛋打散放盐加温水蒸蛋羹，取一只冻的海参用滚水泡开切成小粒，十分钟后蛋羹熟了，将海参粒撒在蛋羹上，撒葱花儿、酱油、香油，关火焖一会儿，一道美味的海参蒸蛋搞定！

转眼儿子已大二，一日发微信传一张照片给我，一只可爱的黄毛小狗。

我问：仔仔，这谁的？

儿子答：我的！

我惊愕：仔仔，咱不带这样玩的，你连自己都照顾不好，哪儿能照顾好一条狗呢？

儿子答：照顾得好！妈，这是 Golden retriever，就是金毛猎犬，我给他起了一个名字叫 Pants，中文的意思就是裤子。

我抗议了：仔仔，就是叫个二愣子也比这好听，不行！再想想！

儿子答：那叫什么呢？

我说：叫 King 吧！中文的意思就是大王哈！

儿子同意了：嗯！就叫 King！

唉！没办法！从小就喜欢狗的儿子在没我的管辖之下自作主张了。

我继续研究我的美食，炖肉好吃，做少了不值当，做多了剩下不爱吃了。家里有好多玉米面，熬粥、蒸窝头还有更好的吃法没？查菜谱啊！又学了一道美食：大白菜剁碎、剩的炖肉切小块，加调味料等和馅，玉米面用凉水和稀搅匀，锅烧热放少许油，倒入玉米糊摊成薄饼，将和好的馅料倒在饼的上面，因为肉是熟的，盖锅三分钟就熟了，美其名曰烀饼，我叫它中国式比萨。

有新从东北给我带来了木耳、松茸，吃木耳对心脑血管有好处，每天晚上泡 10 克，加一小勺淀粉，淀粉能把木耳上黏附的脏东西带下来，好清洗哦！松茸怎么吃呢？我上网查了：煲汤、炖肉。没有其他吃法了！还是我自己想出来的，将松茸泡发切碎与肉泥搅成馅、大白萝卜切细丝焓锅，做成丸子汤，一点不浪费，一道味道鲜美的营养汤做成，与烀饼搭配在一起吃不错！

老公的朋友送的蘑菇干儿，以前早就送人了，这次精工细做了：蘑菇温水泡发择洗干净，锅烧热多放一些花生油，将蘑菇翻炒、放糖、生抽，加水焖三分钟，出锅前放盐、淋香油，一道香甜可口的油浸蘑菇 OK 了，一袋 500 克的蘑菇干儿三次就被吃光了，这道油浸蘑菇也成了我的拿手好菜！

那只狗狗转眼就长大了。一次我和儿子视频聊天，见它安静地卧在地毯上，我让儿子将屏幕对准它，我喊它：阿 King、阿 king, Call me grandmama, 叫我奶奶。叫啊！它开始还发呆，一会儿就好奇地看着屏幕，用鼻子嗅了过来,哗！黑屏了！它给关了。

前几天王姐姐送了我一些酸菜和石榴红，都是她自己腌制的，这可是从小到大最熟悉的地方本土菜，由于担心市场上卖的使用了工业盐，从来不敢买，这次得着宝了。我用泡发的黄豆炒了石榴红，不用放盐、石榴红本身就有咸味。我又特意去超市买了五花肉，五花肉切片、酸菜切细丝，加各种调料翻炒，一道酸菜肉片被我做得有滋有味，没想到这两道菜是我老公的最爱，连说好吃，他可是品尝到了妈妈的味道了，是儿时的记忆！

说起当地特产，每年都会收到一些板栗，以前都会原封不动地送人，不知道怎么吃！太不好剥壳了！这次从网上查了，晒半干就可以剥开，切小块放粥里熬，栗仁晒干打粉蒸各种糕饼，原来做饭很简单！我已经学会了不少菜、蛋酱菠菜、炮羊肉、水煮鱼……大部分都是简单好做的，我学会了变通，朋友送的糯米酒可当料酒用，味道各有不同，俨然巧厨娘一个喽！

前几天儿子微信对我说，他准备转学到西雅图，那儿的气候比他现在的城市好，而且选择的学校在美国排名前三十，又靠前了二十名！儿子进步是好事，可我又帮不上什么忙，只有静候佳音喽！

听说水云交了一个比她小两岁的男友，对方未婚还是个车间主任，感情发展顺利，本厨娘心情大悦，轻移莲步下厨去了……

后　记

　　我自认为不是一个会讲故事的人，更不喜欢表现自己，但文字给了我一个表现的机会，所有我写的这些文字也只是一棵大树上飘落的散叶，我挑挑拣拣还是觉得每一片都不够完美。

　　每个人的一生都会经历一些传奇，即使没发生在自己身上，也会耳濡目染，好的、坏的、真实的、虚假的、美好的、丑恶的、阳光的、阴暗的……而我总喜欢美好和阳光的一面，其实矛和盾是一对形影不离的亲兄弟，只有俱全了才会完整。我的脑子里总有一个念头：写一部完整的小说。可我总是在那些丑恶的事情上望而却步，我不愿面对丑恶，那样我会窒息，我会痛苦，试问没有经历痛苦的人生能够有成长吗？也许我的内心还不够强大，也许我还是没有真正成长壮大，所以我的小说搁浅了，也许我会继续写下去,也许我不再继续了……也许,我的人生充满了许多的也许……

我的妈妈年轻时是个美人胚子,她给了我良好的遗传基因,可她在我小的时候却怎么都不喜欢我,甚至对我有些嫌弃。我和我的先生虽然有一个衣食无忧的生活,他却对我极尽各种无端挑剔,屡次挑战我的底线,也许他在外人眼里算是个成功人士,但在我的眼里只是一个屡败屡战、屡错屡犯之人。我也曾转身离去,只要他稍一松手从此之后我们的生活再无半点交集,最终是他的不曾放手让我们还能结伴同行,度此余生。结果这是两个最离不开我的人。

记得有一句话:"生活中那些不求回报一味给予的一定是来还债的,而那些经常设一些小磨小难的才是真正度你之人"。

最近我偶然从网上搜到《心经》,竟能很顺畅地念出。当我一个人静静躺在床上听着一位法师的诵唱,一遍遍地听着竟把自己幻化成一个透明的杯子,杯子里注满了无色的液体,内心充满感动,眼睛竟湿润了,我相信那是杯子里溢出的,溢出的是慈悲!想想有生以来我所吃过的苦、遭过的罪、吃过的亏,以及那些不愿辩解的无辜和无奈……现实早已还了一个大大的福报给我，生活中我不与人比只与自己比，总是今天比昨天好！现在比以前好！一直以来都是越来越好！我还有什么可纠结的呢？

　　在此郑重感谢我的妈妈和我的先生！都是度我之人！

　　感谢厦门大学出版社的石兆佳女士再次为我作序，兆佳是我在复旦读书时的同学和好友，我的诗集《送你一朵玫瑰》也是兆佳为我作序。

　　感谢有缘读到此书的每一位读者，凡是我认识的和认识我的人皆是缘分使然，感谢我生命中的所有缘分中人！谢谢！